TOM KELLY

DIE SACHE MIT FINN

Aus dem Englischen von Ingo Herzke

Büchergilde Gutenberg

Molly ist toll (und Kitty auch).

Fionnuala Donnelly ist auch gar nicht übel.

Und Sarah Manson, die weiß echt, wo's langgeht.

Inhaltspapier aus vorbildlich bewirtschafteten Wäldern
und anderen kontrollierten Herkünften

Lizenzausgabe für die Büchergilde Gutenberg,
Frankfurt am Main, Wien und Zürich
Mit freundlicher Genehmigung der Carlsen Verlag GmbH, Hamburg
Alle deutschen Rechte bei Carlsen Verlag GmbH, Hamburg 2007
Originalcopyright © Tom Kelly 2007
Originalverlag: Macmillan Children's Books, London
Originaltitel: THE THING WITH FINN
Lettering: Kerstin Schürmann
Aus dem Englischen von Ingo Herzke
Lektorat: Barbara König
Herstellung: Steffen Meier
Satz: Dörlemann Satz, Lemförde
Lithografie: Margit Dittes, Hamburg
Gesetzt aus der Palatino
Druck und Bindung: Ebner & Spiegel, Ulm
ISBN 978–3–7632–5927–4
Printed in Germany 2008
www.buechergilde.de

»Ich lerne auf dem Weg, wohin ich muss.«
Theodore Roethke

ERSTER TEIL

Ein Backstein mit drei Löchern drin

(erster Teil)

Ich wollte dem alten Grundy keinen Backstein mit drei Löchern drin ins Fenster schmeißen. Aber ich wusste einfach nicht, wie ich sonst an seinen blöden ausgestopften Otter rankommen sollte.

Ich habe den Backstein aus unserem Steingarten hinterm Haus gegraben. Das war am Samstag, der Tag nachdem ich wieder angefangen habe zu sprechen und ihnen endlich meinen Namen gesagt habe. Ich hatte sechs Wochen lang kein Wort gesprochen. Fragt mich bloß nicht, wieso, weil ich das selbst nicht genau weiß.

Der Steingarten, das ist so ein Witz von meiner Mum. Eigentlich ist es bloß ein Haufen Schutt, der vom neuen Schuppen übrig geblieben ist. Dad hat Backsteine von einer Baustelle recycelt, weil recycelte Backsteine umweltfreundlicher sind. Natürlich sind nicht alle dreilöcherigen Backsteine recycelt oder umweltfreundlich. Es gibt ja kein Gesetz drüber. Ich habe jedenfalls noch nichts davon gehört.

Den ganzen letzten Sommer hat Dad an dem wackligen Schuppen gebaut. Er bewahrt darin das Tischlerwerkzeug von *seinem* Dad auf. Er kommt nicht oft zum Tischlern, weil er meistens Kinder wie mich unterrichten muss. Das ist eine der Kleinigkeiten, die ihm die Laune verderben. So ähnlich wie die Fernsehnachrichten. Manchmal schreit er sogar den Fernseher an und beleidigt die Politiker.

Mich unterrichtet Dad nicht, weil er meint, das würden wir beide nicht aushalten. Er ist jetzt meistens traurig, seit der Sache mit Finn. Er redet auch nicht mehr viel, weil er dauernd damit beschäftigt ist, alles zu zählen, was man zählen kann. Meine Familie redet eigentlich überhaupt nicht mehr viel seit Finn.

Ich werde schon traurig, wenn ich euch bloß davon erzähle, wie ich dem alten Grundy einen Backstein durchs Fenster geschmissen habe. Holt Street – die Straße, wo ich wohne – ist keine Gegend, wo man umweltfreundliche Backsteine rumliegen lässt. Das soll nicht heißen, dass wir arm sind. Aber Backsteine lässt man eben auch nicht einfach rumliegen, wenn ihr versteht, was ich meine.

Eins solltet ihr gleich von Anfang an wissen: Ich komme beim Erzählen dauernd vom Weg ab. Mum sagt, ich bin äußerst fantasiebegabt, aber Dad sagt, ich leide an akutem Munddurchfall. Ihr könnt es euch also aussuchen. Und wenn ihr wollt, könnt ihr einfach Stellen überschlagen, wenn euch danach ist.

Ein Backstein mit drei Löchern drin

(zweiter Teil)

Als ich den Backstein endlich ausgegraben hatte, habe ich nicht gedacht, Das ist ja genau der richtige umweltfreundliche Backstein, um ihn dem alten Grundy ins Fenster zu schmeißen.

Der Plan war mir zwar schon eine Zeit lang durch den Kopf gegeistert. Aber es war nicht so ein Plan:

$X = das\ Fenster$
$Y = die\ Stelle\ bei\ der\ Hecke$
$Z = der\ Backstein\ mit\ drei\ Löchern,\ der\ gleich\ durch\ X\ fliegt$

Allerdings habe ich den Matsch und Katzendreck abgewischt, bevor ich ihn in meine Schultasche gesteckt habe, neben die Mathehausaufgaben, die ich immer vergesse zu machen.

Der Sonntag kam mir endlos lang vor. Ich hatte so ein Gefühl wie im Wartezimmer beim Zahnarzt, und die ganze Zeit habe ich gedacht, Soll ich das wirklich tun? Soll ich das wirklich tun? Und als ich wieder zu mir kam, war Montagmorgen und ich rannte aus der Briggs Street weg, weil der alte Grundy vielleicht schon die Polizei gerufen hatte.

Tipp 1 Tipp 2 Tipp 3

Obwohl ich jetzt auf der Flucht bin und nicht zur Schule gehe, muss ich an der Clemens Road anhalten und *Tipp 1 Tipp 2 Tipp 3* spielen.

In der Clemens Road gibt es eine Masse Bäume. Außerdem jede Menge Hecken, die alle in Tierform geschnitten sind, wie Vögel oder Katzen oder Giraffen. Die Straße sieht aus wie ein Zoo, wo die Tiere auf der Flucht alle noch mal stehen geblieben sind und sich fotografieren lassen. Sie sind zwar ganz schwarz von Autoabgasen, sehen aber trotzdem lebendig aus. Tipp 1 Tipp 2 Tipp 3 ist so ein Spiel, das ich mir schon vor hundert Jahren ausgedacht habe, aber ich kann einfach nicht damit aufhören. Es verändert sich immer, je nachdem, was passiert. Es hat einfach so angefangen, wie man Sachen eben macht. Aber irgendwann war es kein Spaß mehr, sondern eher wie Arbeit, so wie damals, als Finn und ich beim alten Grundy den Rasen gemäht haben.

Inzwischen muss ich es einfach machen. Ich muss zu dem Baum vor Nummer 9[1] rennen, ihn dreimal berühren und dabei Tipp 1 Tipp 2 Tipp 3 sagen. Danach muss ich dasselbe bei dem Baum vor Nummer 10[2] machen, dann zurück zu Nummer 5[3]. Und zum Schluss noch mal bei Nummer 10[4].

---

[1] Der Tag, als es mit Finn passierte.
[2] So alt bin ich im Moment.
[3] So alt ist meine Schwester Angela im Moment.
[4] Weil ich dieses Jahr keinen richtigen Geburtstag hatte.

Über den alten Grundy

Ich weiß, wenn man solche Sachen erzählt, wollen alle immer wissen, wie die anderen Leute aussehen und so. Ich schreibe also auf, was ich noch im Kopf habe.

Grundy ist ein grauhaariger Knitterkopf ohne Zähne, der aussieht wie eine Witzfigur. Seine Hände sind echt unglaublich, verdreht und verknotet wie alte Baumwurzeln, viel zu groß für ihn. Und er hat die größten Ohren, die ich je gesehen habe. Ich habe Dad danach gefragt. Er hat gesagt, bei Männern wachsen die Ohren einfach immer weiter. Und die Nasen auch. Finn und ich sind ewig hinter allen möglichen alten Typen hergeschlichen, um zu sehen, ob Dad uns aufziehen will.

Aber es stimmt tatsächlich.

Noch was über den alten Grundy: Er lässt dauernd welche fahren. Und das hört man nicht bloß. Der Knaller sind sie allerdings auch nicht gerade. Also, das eine Mal, als Finn und ich ihm beim Rasenmähen geholfen haben, da waren wir am ganz anderen Ende des Gartens und haben das gemähte Gras zusammengeharkt. Es war zwar heiß, aber der Wind wehte in unsere Richtung. Und der alte Grundy haute einen nach dem anderen raus. Der Wind blies die Giftwolken direkt zu uns. Man konnte es sogar durch den Duft vom gemähten Gras riechen, und das riecht ziemlich stark. Und das Verrückte war: Der alte Grundy tat die ganze Zeit so, als wäre nichts. Egal wie laut oder stinkig, er mähte einfach weiter.

Ich konnte Finn gar nicht angucken, weil er immer so tat, als würde er ersticken, und wenn ich sein Gesicht sehe, lache ich mich meist sowieso schon tot. Das ist komisch, weil es genauso aussieht wie meins.

Einhundertundzwölf Handstaubsauger,
Ende offen

Der alte Grundy lebt seit Urzeiten im Haus Nummer 66.
Er lebt allein, nur mit seinen unglaublichen Sammlungen,
und er riecht nach Fish & Chips.

Der alte Grundy hat zweihundertneunundsiebzig Bilder
von der Queen in seinem Gästezimmer hängen. Das weiß
ich, weil ich mal reingeschaut habe. Es waren richtig viele,
aber ich kann nicht sagen, »Ja, ich habe sie gezählt, es sind
genau zweihundertneunundsiebzig.«

Ich habe sie nicht nachgezählt, weil, das wäre ja genauso
wahnsinnig wie sie zu sammeln.

Einmal habe ich den alten Grundy gefragt, warum es
zweihundertneunundsiebzig sind und nicht zweihundert-
achtzig oder Googolplex oder so.

Grundy hat geantwortet: »Einhundertzwölf Handstaub-
sauger, Ende offen.« Für ihn muss das irgendeinen Sinn
haben – für mich nicht.

Aber am unheimlichsten ist seine Sammlung von drei-
hundertvierzehn ausgestopften Tieren.

Die Arche Noah[5]

12 ausgestopfte Dachse

27 ausgestopfte Katzen

3 ausgestopfte Schlangen

12 von seinen Hunden, ausgestopft[6]

2½ ausgestopfte Krokodile

39 ausgestopfte Eulen

1 ausgestopfter Otter[7]

12 ausgestopfte Adler

9 ausgestopfte Rotkehlchen

4 ausgestopfte Springmäuse

53 ausgestopfte Mäuse

1 ausgestopfte Streifenhyäne

2 sehr ausgestopfte Löwen

[5] Es waren noch mehr Tiere, aber ich weiß sie nicht mehr alle.
[6] Donut sieht manchmal auch ausgestopft aus.
[7] Von meinem umweltfreundlichen Backstein plattgemacht.

Von meinen Füßen ausgetreten

Ich versuche normal zu gehen, obwohl ich eigentlich weglaufe und mein Magen gurgelt wie Finn damals, als er solche Halsschmerzen hatte. Ich gehe zur Bushaltestelle, obwohl ich genau weiß, dass ich nicht zur Schule gehe, dass ich wahrscheinlich nie wieder zur Schule gehen werde. Ich weiß auch ehrlich gesagt nicht genau, wieso ich das mache. Das Problem ist, alles sieht ganz normal aus, fühlt sich aber nicht normal an. Alle Häuser und Gärten und Autos machen das, was sie immer machen. Aber es fühlt sich anders an.

Als ob meine Füße denken, so läuft das immer, und deshalb bleibt es so. Als ob sie einen Trampelpfad ausgetreten haben, dem sie jetzt folgen.

Ich bin zwar noch ein Kind, aber ich weiß schon, dass nichts bleibt, wie es ist. Ganz egal was. Auch wenn die Häuser und Gärten und Autos morgen ganz genau gleich aussehen, sind sie es nicht. Auch wenn die Bushaltestelle morgen und übermorgen und überübermorgen immer noch da ist, ist es nicht das Gleiche. Wenn man hinguckt, kann man sehen, dass sich die Dinge jede Sekunde ändern, Tag und Nacht. Sachen gehen kaputt, Sachen werden repariert, Sachen gehen verloren und Sachen werden wiedergefunden. Und manchmal bleiben sie auch kaputt oder verloren.

Und das passiert ganz still und heimlich, deshalb merkt man es kaum. Und man kann nichts dran ändern. So ist es eben.

Auf dem Weg zur Bushaltestelle versuche ich angestrengt, kein Mitleid mit meinen blöden Füßen zu haben. Ich weiß, das klingt total verrückt, aber bei so was muss man vorsichtig sein. Man kann einfach mit zu vielen Sachen Mitleid haben. Mum sagt, das ist auch Dads Problem.

Womit Dad Mitleid hat

- Menschen, die verletzt werden
- Menschen, die Hunger haben
- Menschen, die aufgeben[8]
- Menschen, die verloren sind
- Menschen, die dauernd Angst haben
- Menschen, die keine guten Heimwerker sind
- Menschen, die Sachen machen müssen,
  die sie nicht machen wollen
- Menschen, die glauben, dass sie Waffen brauchen
- Menschen, die eine Glatze kriegen
- Menschen, die mit niemandem Mitleid haben

[8] Keine Ahnung, was das bedeuten soll.

Biest + Holzzaun + rostiger Nato-Draht + Alufolie und schwarze Mülltüten vorm Fenster =

Im Haus Nummer 42 an der Ecke Ahlberg Row wohnt so ein schreckliches Hundebiest. Alle Kinder in der Nachbarschaft haben Angst vor ihm, weil keiner ihn je gesehen hat. Das Biest wohnt hinter so einem hohen Holzzaun, wo man nicht durchgucken kann. Alle wissen aber, wenn er rauskäme, würde er dich in höchstens zwei Sekunden in Stücke reißen. Und er versucht dauernd, rauszukommen. Er schmeißt sich gegen den Zaun, und der zittert wie blöde. Bobby Thompson sagt, er hat gehört, dass er einmal rausgekommen ist und irgendeinem Jungen glatt den Schniedel abgebissen hat. Ich glaube das nicht, und zwar aus verschiedenen Gründen. Erstmal ist Bobby Thompson ein Riesenlügner. Und dann hätte Das Biest dem Jungen zuerst aus der Hose helfen müssen, oder der Junge hätte gar keine anhaben müssen. Wer ist denn schon so bescheuert? Nicht mal Flieger-Kevin wäre so bescheuert.

Der Hund heißt Das Biest, weil kein Mensch weiß, wie er richtig heißt, oder auch nur, wie er aussieht. Selbst wenn man am Zaun hochklettern wollte, sich bei wem anders auf die Schultern stellen zum Beispiel, damit man drübergucken könnte, um Das Biest zu sehen, hätte man keine Chance. Weil nämlich oben auf dem Zaun dicke Rollen rostiger Nato-Draht festgemacht sind. Nato-Draht packt einen und schlitzt einen auf. Man würde also hängenbleiben, weil, wenn die anderen versuchen würden einen zu retten, auch festhängen würden. Vom Rost würde man Blutvergiftung kriegen und sowieso sterben. Bloß langsamer und schmerzhafter.

Es weiß auch keiner, wem Das Biest gehört. Die Fenster im oberen Stockwerk, die man gerade so durch den Nato-Draht sehen kann, sind ganz mit Alufolie und schwarzen Mülltüten zugeklebt. Ich nehme an, falls einer mit Fernglas oder Teleskop oder irgendwas kommt, womit man Sachen, die weit weg sind, ganz nah sehen kann. Ich finde das ziemlich bescheuert. Da weiß man doch nicht mal, wann man aufstehen oder ins Bett gehen soll und so. Als ich das Dad erzählt habe, meinte er, das wüssten die Leute wohl, weil nachts keine Kinder rumstrolchen und Das Biest reizen würden, sich gegen den Zaun zu schmeißen und den Nato-Draht zum Summen zu bringen. Außerdem hat er gesagt:

Biest + Holzzaun + rostiger Nato-Draht + Alufolie und schwarze Mülltüten vorm Fenster = ganz bestimmt von niemandem belästigt werden wollen.

Darauf habe ich gesagt:

Biest + Holzzaun + rostiger Nato-Draht + Alufolie und schwarze Mülltüten vorm Fenster = ganz bestimmt dauernd von jemandem belästigt werden.

Obwohl ich ihm widersprochen habe, hat er gegrinst, weil er Physiklehrer ist und mich immer anspornt, Mathe zu machen, obwohl ich es nicht ausstehen kann. Er sagt immer, »Mathe kann Spaß machen, wenn man sich drauf einlässt.« Das ist so einer seiner Sprüche, die ich ganz bestimmt nicht glaube.

Bod und Flieger-Kevin

Als ich um die Ecke der Clemens Road biege, wird das Bellen immer lauter und wütender. Außerdem höre ich den Nato-Draht summen. Ich sehe noch zwei Schuluniformen am zitternden Zaun stehen. Ich habe meine noch an, aber auch welche von meinen eigenen Sachen dabei, damit ich mich in der Toilette vom Busbahnhof umziehen kann.

Es sind Flieger-Kevin und Bod, beide aus meinem Jahrgang. Normalerweise halte ich mich von ihnen fern, weil sie einfach zu bescheuert sind. Nicht bösartig oder so, das will ich nicht sagen. Einfach bescheuert. Aber wenn ich mir überlege, was ich gemacht habe, bin ich wahrscheinlich auch ziemlich bescheuert.

Als ich auf sie zugehe, nickt Bod, sagt aber nichts. Kein Mensch weiß, wieso er Bod genannt wird. Wird er eben. Bod hat platte Augen und ein plattes Gesicht. Sein Gesicht ist auf einer Seite zerknautscht wie eine Coladose, weil mal ein Haus auf ihn draufgefallen ist. Er redet nicht viel, und wenn er was sagt, versteht man ihn kaum. Der einzige Mensch, der ihn versteht, ist Flieger-Kevin.

Flieger-Kevin heißt Flieger-Kevin, weil er ständig über Flugzeuge quatscht. Dabei wird er immer so aufgeregt, dass er spuckt und zischt wie ein alter Flugzeugmotor. Und er ist überhaupt nur aufgeregt, wenn er über Flugzeuge redet. Anders als bei Bod muss man also kein Genie sein, um sich zu erklären, wieso er Flieger-Kevin genannt wird.

Wenn ihr ihn jemals trefft, erwähnt bloß keine Düsenflugzeuge, egal welcher Art, außer ihr macht sie runter.

Flieger-Kevin hasst Düsenflugzeuge. Er hat sich mal mit jemandem geprügelt, weil der gesagt hatte, Düsenjets wären besser als Doppeldecker.

Noch was Besonderes an Flieger-Kevin ist seine Größe. Auch wenn man selbst ziemlich groß ist, kommt man sich neben ihm richtig klein vor. Er ist groß und breit wie ein Elefant. Er sieht aus wie ein dünner Junge, der mit einer Luftpumpe aufgeblasen wurde, nachdem er sich angezogen hat. Manche nennen ihn auch *Aufblas-Kevin*, aber nur hinter seinem Rücken. Das Kleinste an ihm ist sein Gesicht. Er hat winzig kleine Augen, die einen so lange anstarren, bis deine Augen selbst Mitleid haben und zu tränen anfangen.

»Danny oder Finn?«, fragt Flieger-Kevin.

Das sagt er, ohne nachzudenken, weil es alle immer sagen. Dann merkt er, was er gesagt hat, weil Bod ihn vors Schienbein tritt, und verzieht ganz furchtbar sein Gesicht. Er tut mir sofort leid. Er tut mir leid, weil ich im Augenblick nicht weiß, was ich sonst mit ihm anstellen soll.

Mir tun alle leid.

Der arme Flieger-Kevin tritt so doll er kann gegen den Zaun, um drüber wegzukommen. Ich weiß, er hat sich den Fuß wehgetan, also sage ich mit ganz normaler Stimme »Danny«, damit er sich besser fühlt. Ich sage es leise, aber sie hätten mich auch nicht gehört, wenn ich geschrien hätte.

Weil sich in genau diesem Moment Das Biest gegen den Zaun schmeißt. Das ist auch komisch: Das Biest schmeißt sich immer genau so doll dagegen, wie du gegen den Zaun getreten hast.

Bamm!

Der ganze Zaun fängt an zu wackeln und zu zittern, und der rostige Nato-Draht klirrt wie verrückt. Wir zucken alle gleichzeitig zusammen. Ich denke, Da kommt Das Biest, da kommt Das Biest, und dann noch, Vielleicht hat er dem Jungen tatsächlich den Schniedel abgebissen.

Ich gucke Flieger-Kevin und Bod an, sie gucken mich an. Dann fangen wir an zu lachen. Bod sagt:

»Zehn Pence / Fünf Pence.«

Davon müssen wir noch mehr lachen, weil nämlich genau das passiert[9].

Dann lacht Bod, wie er immer lacht: zisch, zisch, zisch, wie ein Reifen mit Loch.

Wenn Das Biest kommt:

- *erschreckst du dich immer*
- *macht dein Hintern immer Zehn Pence/Fünf Pence*
  - *auch wenn du weißt, dass er gleich kommt*
  - *auch wenn du weißt, dein Hintern macht gleich Zehn Pence/Fünf Pence*

Du kannst einfach nichts dagegen machen.

»Zehn Pence / Fünf Pence«, sagt Flieger-Kevin. Er versucht unser Lachen am Laufen zu halten. Aber stattdessen hören wir noch schneller auf.

---

[9] Falls ihr es nicht wisst: Zehn Pence / Fünf Pence ist das Gestotter, was euer Hintern macht, wenn ihr euch plötzlich total erschreckt.

Bod macht wieder zisch, zisch, zisch, aber diesmal über Flieger-Kevin, weil er es verbockt hat. Und auch wenn er nicht der Hellste ist, weiß Flieger-Kevin doch Bescheid.

Aber über so was kommt er immer gut weg, weil er es dauernd muss. Also sagt er, »Du bist dran, Danny.« Und nicht bloß einfach so, sondern als würde er mir damit den größten Gefallen der Welt tun.

Bod macht einen Schritt zurück und zisch, zisch, zisch in meine Richtung.

Schönen Dank, Flieger-Kevin.

Zehn Pence / Fünf Pence

Ich lasse also meine Tasche fallen und gehe zum Zaun. Ich tue so, als sei das die langweiligste Sache der Welt, obwohl mein Hintern Zehn Pence / Fünf Pence macht. Die ganze Zeit zittert und klappert der Zaun wie verrückt, und der Stacheldraht klirrt total laut, und Das Biest rammt sich beinahe den Kopf ein, weil er an uns rankommen will. Sein Bellen hört sich so verzweifelt und knurrend an, ganz zerfetzt, als würde es zu viel gebraucht. Er schnaubt und geifert total laut, und mit den Vorderpfoten versucht er wie mit Schaufeln ein Loch unterm Zaun durchzugraben.

»Einfach abgebissen«, kichert Flieger-Kevin.

Ich sage, »Er hat also keine Hose angehabt, oder was?«

»Nein«, antwortet Flieger-Kevin, nachdem er einen Augenblick überlegt hat.

»Und wieso nicht?«, frage ich. »War es so heiß?«

Jetzt kichert Bod und hört sich an wie zwei löchrige Reifen.

»Er hat wohl versucht, ihm auf die Nase zu pinkeln oder so. Ja, genau.«

Ich denke mir, Du bist wirklich nicht der Hellste, Aufblas-Kevin.

Aber ich frage, »Obendrüber oder drunter durch, Flieger-Kevin?«

»Genau«, sagt er und klingt unsicher.

»Was denn nun? Hat er über den Zaun oder drunter durch gepinkelt, Flieger-Kevin?«

»Weiß ich nicht mehr.«

Ich versuche, nicht dran zu denken, wie dämlich der arme Flieger-Kevin doch wirklich ist. Ich sage bloß, »Wahrscheinlich drunter durch.«

»Drunter durch?«

»Wenn er drübergepinkelt hätte, müsste er sich bei irgendwem auf die Schultern gestellt oder seit einer Woche nicht mehr gepinkelt haben.« Ich gucke über die Schulter. »Düsenantrieb.« Kaum habe ich das gesagt, komme ich mir schlecht vor, aber nicht allzu schlecht.

Bod klingt inzwischen wie eine ganze Hüpfburg mit Löchern. Ich merke, dass Flieger-Kevin nicht mehr weiß, wovon ich rede. Als ob er plötzlich in eine Nebelbank geflogen ist.

»Mach es einfach«, sagt er, und dann, weil ihm nichts anderes einfällt, »Finn hätte es gemacht.«

Ganz plötzlich habe ich gleichzeitig zwei Gefühle: Flieger-Kevin tut mir sehr leid, aber ich bin auch richtig sauer auf ihn. Ich weiß nicht, ob ihr das versteht, aber so ist es. Echt. Zum Teil will ich ihm sagen, er soll sich keine Gedanken machen, zum Teil will ich ihm irgendwas über den Kopf hauen und wegrennen. Das mache ich aber nicht, weil er mich in einer Sekunde plattmachen würde. Stattdessen habe ich so ein Bild im Kopf, dass ich ihn verprügle, wie Itchy bei den Simpsons immer Scratchy verprügelt. Und jetzt bin ich ganz froh, dass ich zum Zaun gucke, weil Flieger-Kevin und Bod auf keinen Fall sehen sollen, was in meinem Gesicht passiert.

Ich weiß nicht wieso. Ich will es eben nicht.

Das Biest schnaubt noch ein letztes Mal, dann höre ich die schweren Pfoten auf dem Kiesweg hinterm Zaun, als es zum Haus zurückläuft.

V.-H.-M.

Ich beuge mich zum Zaun vor. Irgendwer hat mit schwarzem Filzstift *Arsch* draufgeschrieben. Und sogar einen danebengemalt, falls jemand nicht weiß, wie ein Arsch aussieht.

Dann rüttle ich ein bisschen am Zaun.

Nichts.

Ich rüttle ein bisschen doller, und der rostige Stacheldraht grummelt ein bisschen.

Immer noch nichts.

Ich versuche, nicht die Luft anzuhalten, weil ich gehört habe, dass man tot umfallen kann, wenn man das in stressigen Situationen macht. Als ob einem wer den Schalter ausknipst.

Ich rüttle noch doller.

Immer noch nichts.

Noch doller

und noch doller

und immer noch nichts.

Jetzt drücke ich das Ohr an den Zaun. Eine Sekunde lang höre ich das Meer, dann ist es bloß noch mein Atemgeräusch, und das Holz riecht schwach nach Lack. Dann kriege ich so ein schwummeriges Gummigefühl ganz tief im Bauch. Todsicher einer dieser Augenblicke, die Dad V.-H.-M. nennt, wenn Mum in der Nähe ist, und *Volle-Hosen-Moment*, wenn sie nicht da ist.

»Mach hin, Danny«, sagt Flieger-Kevin. »Wir müssen

bald nicht zur Schule gehen.« Dann lacht er, als ob es das Witzigste war, was er je gesagt hat. Das Traurige ist, dass er nicht ahnt: Es stimmt wahrscheinlich. Bod lässt bloß ein bisschen Luft aus dem Mund.

Ich frage mich, warum ich eigentlich mein Gesicht gegen einen wackligen Holzzaun drücke, auf den jemand einen Arsch gemalt hat.

Vielleicht brauche ich mal Urlaub, statt mein Gesicht gegen Zäune zu drücken oder Backsteine in Fenster zu werfen.

Aber ich stecke einfach drin fest. Genau so, wie Das Biest darin feststeckt, sich gegen den Zaun zu schmeißen. Und Flieger-Kevin darin feststeckt, Flieger-Kevin und nicht gerade der Hellste zu sein. Und Bod darin, alle möglichen Leute Zisch, Zisch, Zisch anzuzischen.

Genau.

Ich stecke fest. Das Biest steckt fest. Mein Dad steckt fest, weil er immer alles zählen muss. Flieger-Kevin steckt fest. Und Bod auch. Alle Menschen auf der ganzen Welt stecken fest. Fest, fest, fest.

Bamm! 2

Dann plötzlich so ein riesiger Lärm:

Bamm!

Auf einmal stehe ich ungefähr fünf Meter weit weg. Der Zaun wackelt, der rostige Nato-Draht klirrt wie verrückt. Und mein Hintern macht mit Lichtgeschwindigkeit Zehn Pence / Fünf Pence.

Flieger-Kevin ist für einen so dicken Jungen ganz schön schnell. Jetzt lacht keiner mehr, außer vielleicht Das Biest. Das dreht hinter seinem wackeligen Zaun völlig durch.

Und den größten Teil der Titelmusik von *Star Wars*

Dann lässt Bod einen fahren. Darüber müssen wir alle drei ziemlich lachen. Es ist witzig, weil Bod außer zischen eigentlich nur eins gut kann: furzen. Bod kann jederzeit einen fahren lassen. Man kann ihm sagen, »Okay, in drei Sekunden«, und dann macht er es. Das Einzige, was er beim Furzen nicht hinkriegt, ist Sachen nachmachen. Der beste Kunstfurzer aller Zeiten ist Finn. Das gibt sogar Bod zu, wenn man ihn fragt.

Manchmal haben wir samstags morgens im Etagenbett gelegen, geklaute Jaffa Cakes gegessen, und Finn hat Sachen nachgefurzt. Und obwohl er das obere Bett hatte, war es überhaupt nicht schlimm.

Finn konnte:

knarrende Tür im Spukhaus
lange Ameisenkarawane
Sportwagen, der näher kommt und vorbeifährt
Schuhsohle
fauchende Katze
Eierkochen
und den größten Teil der Titelmusik von Star Wars

Obwohl er nicht das ganze Stück schaffte, war es doch ganz schön gut, weil es einem so unglaublich lang vorkam. Er konnte noch jede Menge andere Sachen, aber sie fallen mir gerade nicht mehr ein.

Ich hatte natürlich überhaupt kein Talent dafür. Ich kann bloß eine Sache nachmachen, nämlich Zerquetschte Ente. Einmal wollte ich mogeln und habe am Abend vorher vier Packungen Feigenkekse gegessen. Die hatte ich mit dem letzten Rest Geburtstagsgeld von Onkel Phil gekauft. Aber die Ergebnisse waren enttäuschend. Onkel Phil ist Dads jüngerer Bruder. Er hat mir erzählt, dass Dad bei ihnen der Furzkönig war, als sie klein waren. Außerdem hat er erzählt, dass er es kein bisschen gebracht hat, genau wie ich. Es hat sich also beides vererbt.

Ich war's

Mitten in diesem echt guten Lachen fällt mir plötzlich wieder ein, wie ich den Backstein ins Fenster des alten Grundy geschmissen und seinen ausgestopften Otter plattgemacht habe. Das trifft mich wie eine kalte Meereswelle, und ich kriege wieder dieses Gummigefühl im Bauch. Außerdem werde ich unheimlich traurig, weil ich bestimmt schon die ganze Zeit so ein böser Junge gewesen bin, der Fenster einschmeißt und ausgestopfte Otter plattmacht. Und ich habe es überhaupt nicht gemerkt.

Ob ich wohl immer noch so lachen darf wie vorher, als ich es noch nicht gemerkt hatte? Oder muss ich jetzt so böse lachen wie der Joker bei *Batman*? So ein böses Lachen, das deine Opfer warnt, kurz bevor du sie dir schnappst, nachdem du wahrscheinlich schon ganz lange hinter ihnen hergeschlichen bist. Und muss ich eigentlich immer weiter böse sein[10]? Ich hoffe nicht.

Es kommt mir vor, als ob das Ausgestopfte-Otter-Plattmachen schon sehr lange her ist und als ob das überhaupt jemand anders war. Eine Sekunde lang drehe ich ein bisschen durch und frage mich, ob ich es tatsächlich selber war. Ich weiß, ich muss es gewesen sein. Mir kommt ein Bild in den Kopf, wie ich es getan habe. Dabei fühle ich mich gleichzeitig besser und schlechter, und aus dem gleichen Grund.

[10] Und wenn ja, nur auf eine Fenster einschmeißende und Otter plattmachende Art?

Wenn ich mit Flieger-Kevin und Bod bei einer Gegen-
überstellung bei der Polizei wäre und der alte Grundy als
Zeuge reingeführt würde, dann wäre ich geliefert. Er würde
mich sofort als die miese kleine Ratte[11] rausgreifen, die es
gewesen ist. Der Junge, der anderen Leuten Backsteine mit
drei Löchern ins Fenster schmeißt und ihre ausgestopften
Otter plattmacht.

Nicht Flieger-Kevin.

Auch nicht Bod.

Nein. Ich war's. Ich habe es getan.

---

[11] So nennt er Kinder am liebsten, und dann noch »hinterhältige kleine
Monster«.

Schwänzen

»Du kannst mit uns schwänzen«, sagt Flieger-Kevin.

»Geht nicht«, lüge ich. »Heute kommen Mum und Dad in die Schule und reden mit Crimble-Crumble.«

Das ist eigentlich gar nicht gelogen, dann aber doch. Mum und Dad kommen wirklich und reden mit Crimble-Crumble[12], aber ich werde jetzt sofort schwänzen gehen.

Ich werde für immer und in alle Ewigkeit schwänzen.

Aber ich will nicht mit Flieger-Kevin und Bod schwänzen.

Ich nehme meine Tasche und verschwinde.

Als ich weggehe, ist mir klar, dass es einen wichtigen Grund gibt, wieso ich nicht mit Flieger-Kevin und Bod schwänzen kann. Weil ich nämlich weiß, dass ich irgendwohin will, bloß noch nicht, wohin. Aber darüber will ich nicht reden.

[12] Unser Klassenlehrer heißt eigentlich Mr Crimble, aber alle sagen Crimble-Crumble.

Alte graue Unterhosen auf einer ewig langen Wäscheleine

An der Bushaltestelle sehen die Wolken aus wie eine ewig lange Wäscheleine voller alter grauer Unterhosen. Als ich sie flattern sehe, wird mir so leicht, so nach Kichern. Das ist früher öfter passiert. Dass ich die Straße langlief oder an der Bushaltestelle stand, so wie jetzt, und mir irgendwas auffiel, was mich zum Lachen brachte.

Ich schaue mich jedenfalls unauffällig um, ob außer mir noch wer in der Schlange lächelt, aber nein. Alle Gesichter schauen zu Boden und sehen schwer nach Montagmorgen aus.

Die Leute in der Schlange tun mir leid, weil sie sich vom Montagmorgen so runterziehen lassen.

Vielleicht haben sie die Unterhosenwolken alle schon bemerkt, aber außer mir findet sie niemand lustig. Ich überlege, ob ich sie jemandem zeigen sollte, aber vielleicht denken die Leute dann, ich bin nicht ganz dicht. Ich glaube, ich könnte nicht erklären, dass ich Unterhosenwolken bloß ein *bisschen* lustig finde – nicht total zum Totlachen komisch, so dass ich mich beinahe einmache. Ich kann auch nicht einfach sagen, »Guckt euch mal diese Unterhosenwolken an, ihr seht nämlich so aus, als könntet ihr ein bisschen Lachen gut gebrauchen.«

Nein.

Manchmal kann man einfach nichts machen.

(Heimlich) lachen

Ich gucke wieder hoch zu den Unterhosenwolken, weil ich mir sonst zu viel Gedanken darüber mache, dass die Leute in der Schlange nicht darüber lachen können. Aber jetzt ist da oben auch noch ein riesiger plattgemachter Otter. Er liegt auf dem Rücken und hat einen Backstein in den Pfoten. Ich kann nicht sehen, ob der Löcher hat oder nicht. Ich will auch gar nicht drüber nachdenken, deshalb gucke ich wieder nach unten. Und da bemerke ich sie.

Sie ist ungefähr so alt wie meine kleine Schwester Angela. Sie hält sich an einer großen Krabbenhand mit leuchtend blauen Fingernägeln fest. Und ich weiß einfach, dass sie die Unterhosenwolken auf der ewig langen Wäscheleine auch gesehen hat. Sie guckt mit ihren großen Augen heimlich immer wieder zu ihnen hoch, dann wieder zu den anderen Leuten, ob sie noch jemand bemerkt hat. Und als sie merkt, dass sie sich alle viel zu sehr vom Montagmorgen runterziehen lassen, lacht sie (heimlich) vor sich hin. (Heimlich) lachen ist so wie eine Blase, die immer größer wird, bis man sie einfach nicht mehr drinbehalten kann. Aber trotzdem muss man es versuchen. Dabei zucken die Schultern so hoch und runter, und es tut richtig weh, und weil es wehtut, muss man noch mehr lachen.

Mum lacht manchmal auch so, obwohl sie schon erwachsen ist. Vor allem dann, wenn Dad mal wieder davon anfängt, was für ein schlechter Heimwerker er ist. Je mehr er sich darüber aufregt, desto mehr muss Mum (heimlich) lachen und mit den Schultern zucken. Sie hat mir mal erzählt, warum er immer jammert, dass er so ein schlechter Heimwerker ist. Als ich ihr mal im Garten helfen musste. Sie hat gesagt, das kommt daher, dass sein Dad, mein Großvater, so ein guter Heimwerker war. Er war so gut, dass er sich vor seinem Tod selber den Sarg gebaut hat. Als Mum mir das erzählt hat, musste sie so doll (heimlich) lachen, dass ihr beinah davon schlecht wurde. Ich fand das ein bisschen komisch, weil sie Großvater Joe immer sehr gernhatte und wie verrückt geheult hat, als er gestorben ist. Als ich sie dann gefragt habe, wieso sie lacht, hat sie gesagt, weil sie plötzlich Dad vor sich gesehen hat, wie er sich seinen eigenen Sarg baut. Dabei ist sie vor Lachen fast erstickt, obwohl es gar nicht besonders lustig war.

Die seltsamsten Sachen können einen zum Lachen bringen. Aber das beste Lachen ist meistens das (heimliche) Lachen.

Mein Zweitwagen ist ein Porsche

So war das früher bei uns zu Hause. Meine Eltern wollten immer über alles reden, alles auf den Tisch packen. Wir mussten uns alle um den Esstisch setzen, und dann haben sie uns nach unserer Meinung gefragt, vor allem bei wichtigen Sachen wie beim Umzug oder als wir ein neues Auto brauchten, weil beim alten der Auspuff abgefallen war.

Versteht mich nicht falsch: Meist haben sie nicht auf uns gehört. Kann ich gut verstehen. Ich würde nämlich auch nicht auf mich hören. Finn und ich waren für einen Sportwagen, und sie sagten, Geht in Ordnung. Wir wurden ganz aufgeregt und fingen an, die Tage auf dem Kalender »Kornkreise Europas« auszustreichen. Ich habe sogar von einem Auto geträumt. Es war gelb, und wir sind alle zusammen damit in Urlaub gefahren. Angela hat das nicht so interessiert, sie war noch zu klein und außerdem gehörlos. Jedenfalls tauchten Mum und Dad eines Tages mit einem verbeulten alten Kombi auf. Und der war *gelb*. Dad hatte einen fetten Aufkleber ans Rückfenster geklebt, auf dem stand »Mein Zweitwagen ist ein Porsche«. Und sie hatten auch noch beide ihre blauen Anoraks im Partnerlook an. Sie blieben stundenlang im Auto sitzen, winkten und hupten. Sogar dann noch, als Finn und ich schon längst nicht mehr unsere Nasen an die Scheiben drückten, sondern reingegangen waren und vorm Fernseher saßen.

Meine Eltern können manchmal ganz schön eigen sein, wenn sie wollen.

Weißer Elefant

Als ich sie angucke, lacht die Kleine in der Busschlange (heimlich) und zuckt mit den Schultern, und die große Krabbenhand mit den leuchtend blauen Fingernägeln zerrt sie am Arm. Anscheinend will die Krabbenhand unbedingt, dass die Kleine aufhört zu lachen, obwohl sie gar nicht anders kann. Plötzlich habe ich so ein schreckliches Gefühl, dass sie tatsächlich tun wird, was die Krabbenhand will. Dann vergisst sie, wie lustig manche Sachen sein können, weil andere Sachen wie Montagmorgen und Schule und Armezerren sie so runterziehen, dass sie es nicht mehr merkt. Vielleicht ist das allen Leuten hier in der Schlange passiert. Vielleicht wird mir das erst eben jetzt in dieser Sekunde klar.

Und jetzt muss ich bei der Kleinen bloß noch daran denken, dass ich meine kleine Schwester wiedersehen will. Weil ich Angela die Unterhosenwolken auf der ewig langen Wäscheleine zeigen will. Und wenn sie wer am Arm zerren würde, damit sie aufhört zu lachen, könnte ich es ihm verbieten. Weil sie meine kleine Schwester ist und so was zu meinen Aufgaben gehört. Als der Bus kommt, fange ich an zu überlegen, was ihr alles zustoßen könnte, jetzt, wo ich nicht mehr da bin. Ich möchte gar nicht drüber nachdenken, aber ich kann einfach nichts dagegen machen. Als ob man zu jemandem sagt, »Denk nicht an einen weißen Elefanten.«

Sachen, die Angela zustoßen könnten, wenn ich nicht da bin

1. *Überfahren werden, weil sie die Hupe nicht hören kann.*
2. *In einen Brunnen fallen, weil sie sich verlaufen hat.*[13]
3. *Sich für immer verlaufen, weil alle anderen die Gebärdensprache vergessen haben.*
4. *Von irgendwas Riesigem zerquetscht werden.*
5. *Ins Heim gesteckt werden, weil meinen Eltern irgendwas zugestoßen ist.*
6. *Gezwungen werden, Turnschuhe zu machen, wie die armen Kinder, von denen Dad mir erzählt hat.*
7. *Von Außerirdischen entführt werden.*[14]
8. *Vergessen, über Unterhosenwolken zu lachen.*
9. *Allein gelassen werden.*
10. *Mehr fällt mir nicht ein.*

---

[13] Siehe 3.
[14] Wäre immerhin möglich.

Ängstlich

In ungefähr einer Minute bin ich fertig mit dem ganzen Kram, den ich normalerweise mache.

Als der Bus losfährt, kriege ich auf einmal sehr, sehr große Angst. Sie steigt irgendwie in so großen fettigen Blasen aus meinem Bauch hoch, die dann in meinem Kopf platzen, bis mir ganz kribbelig wird. Sogar meine Haare kriegen Angst. Die Angst ist ungefähr eine Million Mal größer, als wenn Das Biest gegen den Zaun springt. Das Schlimmste ist, dass sie überall sitzt. Als ich aus dem Fenster gucke, sind die Häuser grau vor Angst, der Bus hat Angst, und meine Hand ist vor Angst ganz weiß. Die Kinder gucken alle ängstlich, und die Erwachsenen sitzen ängstlich da.

Sogar der Plastiksitz unter mir fühlt sich warm und ängstlich an.

Bei so viel Angst würde ich am liebsten die Notbremse ziehen und nach Hause rennen, ich kann nämlich beinahe glauben, alles würde so sein wie vorher. Obwohl ich weiß, dass es nicht so sein wird, weil es nie wieder so sein kann. Aber weil ich das weiß, wünsche ich es mir noch viel mehr. Und dann ist da noch was. Genau. Was Geheimes, was unter der Angst und dem ganzen anderen Kram sitzt. Ich schäme mich beinahe, es zuzugeben.

Also los.

In die Angst ist auch ein ganz klein bisschen Aufregung gemischt, ein bisschen Spaß.

Ich muss jetzt aufhören, so zu tun als ob, mich im normalen Montagmorgenkram zu verstecken, zum Beispiel mit diesem Bus zur Schule zu fahren oder dem Wochenende nachzujammern. Ich muss anfangen, aus alldem rauszukommen, außerhalb zu sein. Und obwohl ich aufhören muss, mich zu verstellen, obwohl ich mir über genau diese Sekunde hinaus noch keine Gedanken gemacht habe, bin ich zum Teil total gespannt und aufgeregt deshalb. Versteht mich nicht falsch, ich hab so große Angst, dass ich mir wie eine Praline mit flüssiger Füllung vorkomme, aber das andere, so ein bisschen was wie Spaß, ist auch noch da.

Und in diesem Augenblick, aus dem ich jetzt mit euch rede, steckt auch das Ende von allem, was die Leute über mich wissen. Bald werden die Leute, die ich treffe, nichts vom alten Grundy und von seinem Otter wissen oder was mit Finn passiert ist. Dann bin ich bloß ein Junge namens Danny, und vielleicht kann ich dann aufhören, mich die ganze Zeit schlecht zu fühlen wegen all der Sachen, die passiert sind. Das Einzige, was mich noch dran erinnert, ist mein Gesicht, aber daran muss ich mich einfach gewöhnen.

Ich schaue hoch und sehe, dass so ein Mann mich beobachtet. Er hat sich den Kopf rasiert und einen albernen Bart am Kinn, und er macht mir große Angst. Aber in seinem Gesicht ist noch was anderes, was hinter dem Schreckgesicht hervorguckt, etwas Weiches, und einen Moment lang geht es mir besser, weil es »Okay« sagt. Dann ist es wieder weg, und er ist bloß noch ein Mann, der im Bus sitzt.

Rückwärts und vorwärts

Jetzt kommen wir zur Haltestelle für die Schule, und alle anderen Kinder machen sich fertig fürs Aussteigen. Sie machen alle so ein Gesicht. So als ob sie ins eiskalte Wasser springen müssten. Ich weiß genau, *so* ein Gesicht mache ich nicht, weil manche von den Kindern mich so von der Seite angucken, als sie sich nach vorne drängeln. Ich möchte mich auch nach vorne drängeln, obwohl mir gerade einfällt, dass ich meine Mathehausaufgaben nicht gemacht habe.

Ich weiß ja, dass ich mir eigentlich bloß normale Kindersorgen machen dürfte, weil ich schließlich ein Kind bin. Aber je weiter ich komme, desto mehr habe ich das Gefühl, dass ich ganz lang auseinandergezogen werde. Jetzt weiß ich nicht mal mehr, wer ich bin oder wo ich eigentlich aussteigen soll.

Der Bus zischt laut, als die Türen zugehen. Ich gucke über die Schulter den ganzen Kindern hinterher, die sich durchs Tor schieben wie Zahnpasta, die man zurück in die Tube drückt.

Gebiss

Die Innenstadt sieht immer so aus, als ob sie jemand mit mindestens drei linken Händen aus Lego gebaut hat. Ich versuche, nicht dran zu denken. Ich habe beschlossen, nicht mehr zu lachen, außer über ungewöhnliche Sachen, zum Beispiel tanzende Nilpferde, die La Ola machen, oder wenn jemandem beim Husten das Gebiss aus dem Mund fliegt[15].

Ich bin aus dem Bus gestiegen und bin jetzt raus aus meinem normalen Montagmorgenkram. Ich weiß nicht, was ich als Nächstes tun soll. Ich muss zugeben, ich komme mir blöd vor, wie ich so still stehe und die anderen Leute alle in ihre Lego-Häuser rein- und wieder rauslaufen, als wüssten sie genau, wo sie hinwollen. Ich wüsste auch ganz gern, wo ich hingehe. Hätte ich absolut nichts dagegen.

Ich beschließe, in Ruhe drüber nachzudenken, und setze mich dazu auf eine kleine Metallbank gleich vorm Busbahnhof. Mir fällt auf, wie viel Müll rumliegt, weil die Leute den Mülleimer nicht getroffen haben. Ich verschiebe also das Nachdenken und fange erst mal an, den Müll aufzuheben. Das ist ganz entspannend, weil es so einfach und so leicht ist. Es sind hauptsächlich Getränkekartons und Chipstüten und Verpackungen von teuren Sandwiches. Ich hebe die Sachen auf, weil Mum immer sagt, nur Dreckschweine schmeißen ihren Müll auf den Boden. Gleich danach hat sie

---

[15] Das ist mal passiert, als wir im Urlaub waren. Einer alten Frau ist auf der Mole das Gebiss ins Wasser geflogen, als sie geniest hat. Beim Untergehen sah es aus wie eine treibende Qualle.

mir gesagt, ich dürfte zu niemandem Dreckschwein sagen, nicht mal, wenn jemand eine Tonne Müll auf den Boden schmeißt. Ich habe nicht gefragt, wieso, weil sie ihr finsteres *Frag-nicht-wieso-Gesicht* aufgesetzt hat. Mum findet es richtig schlimm, wenn Leute egoistische Sachen machen, wie Müll auf den Boden schmeißen oder nicht Danke und Bitte sagen. Sie sagt, solche Leute sind kleingeistig. Sie hebt den Müll sogar auf und trägt ihn den Leuten hinterher, die ihn weggeschmissen haben. Wenn sie dann zurückkommt, sagt sie so was wie, »Die verschandeln unseren Planeten, aber wenn ich sie darauf hinweise, halten sie *mich* für verrückt!« Und es ist ihr auch ganz egal, wer das ist. Ich wette, sie würde es auch bei Leuten machen, die wie Sumo-Ringer aussehen oder sonst wie gefährlich geformt sind.

Jetzt habe ich also den letzten plattgedrückten Orangensaftkarton in der Hand, und da wird mir etwas klar. Anderer Leute Müll aufsammeln gehört zum Vorher. Als ich noch keine Fenster mit Backsteinen eingeschmissen habe, um ausgestopfte Otter plattzumachen. Ich möchte nicht, dass meine Mutter mich ein Dreckschwein nennt, aber ich kann auch nicht mehr so sein wie vorher. Also lasse ich den platten Karton auf den Boden fallen und setze mich zum GROSSEN NACHDENKEN auf die Metallbank. Als ich gerade anfangen will mit Nachdenken, bemerke ich eine kleine alte Frau mit Gehstock und einem winzig kleinen Pudel an der Leine. Der Pudel sieht blau aus und hat rosa angemalte Krallen an den Pfoten. Zuerst habe ich Angst, dass sie meine Eltern kennen könnte, weil sie mich so böse anstarrt. Aber ich glaube, meine Eltern kennen niemanden mit einem Pudel, der rosa angemalte Krallen hat. Ich sage »ich glaube«, weil meine Eltern manchmal ganz schön eigen sein können, wie gesagt.

Jedenfalls starrt die alte Frau mich mit ihrem zerknitterten Gesicht an und kommt auf mich zu. Ihr Pudel schnüffelt an meinem Bein, während sie mich anstarrt. Dann wühlt sie in ihrer großen rosa Einkaufstasche rum, wo vorn ein Bild von Elvis drauf ist. Schließlich zieht sie ein gefaltetes Stück Pappe heraus, auf der was geschrieben steht, und hält es hoch, damit ich es lesen kann.

Auf dem Schild steht, in sauberer, runder Handschrift mit rotem Buntstift geschrieben:

Heb das auf, Dreckschwein!!!

Es sind tatsächlich drei Ausrufezeichen dahinter, damit man sieht, dass sie es ernst meint. Einen Augenblick weiß ich gar nicht, was sie meint, und vermute, dass sie vielleicht durchgedreht ist. Sie sieht wirklich ein bisschen verrückt aus. Aber schließlich tippt sie auf das Pappschild und sagt, »Du bist gemeint, junger Mann!«

»Das gehört nicht mir«, sage ich, obwohl sie bestimmt gesehen hat, wie ich es fallen gelassen habe.

»Ich hab's gesehen«, sagt sie. »Wie du es hingeschmissen hast.«

Dann fängt sie wieder an, auf das Schild zu tippen. Ich will gerade mit dem Erklären anfangen, aber plötzlich ist mir alles zu viel. Ich überlege, wegzulaufen, aber auch das ist mir im Augenblick zu viel. Außerdem wäre es ja auch zu blöd, sich von einer kleinen alten Frau und einem winzigen Pudel mit rosa angemalten Krallen um die Lego-Häuser jagen zu lassen. Bei meinem Pech hat sie bestimmt noch mehr Schilder in der Tasche, zum Beispiel:

Komm zurück, du Dreckschwein!

oder

Stehen bleiben, Polizei!

oder

Haltet den Otterplattmacher!

Ich weiß genau, wenn ich versuchen würde, es ihr zu erklären, käme auch alles andere rausgesprudelt. Wenn ich genau jetzt in diesem Moment selbst ein Pappschild hätte, würde draufstehen:

Lasst mich in Ruhe, ich bin bloß ein kleiner Junge!

Ich überlege, ob ich das der alten Frau ins Gesicht schreien soll, die vielleicht durchgedreht ist. Aber genau in dieser Sekunde wird mir klar, dass einen nichts jemals in Ruhe lässt. Ich stehe auf, hebe den platten Getränkekarton auf und werfe ihn in den Mülleimer. Dann setze ich mich wieder hin. Das Nachdenken fällt mir schwer, dabei muss ich doch unbedingt nachdenken. Der winzige Pudel schnüffelt wieder an meinem Bein, und ich weiß genau, er überlegt, ob er sein Bein dran heben soll. Wenn er das macht, würde ich wahrscheinlich total überschnappen.

Die alte Frau guckt sich eine Weile die ganzen Leute an, die um uns herum hasten und hetzen. Sie sieht nicht so aus, als ob sie weggehen wollte. Also rücke ich an den Rand der Bank, weil sie sich bestimmt hinsetzen will. Ich muss mir jetzt wirklich meinen nächsten Schritt überlegen. Aber es kommt nichts. Ich überlege, einfach wegzugehen, aber ich will nicht, weil ich zuerst hier war. Außerdem habe ich den ganzen Müll aufgehoben und in den Eimer geschmissen.

Sie setzt sich neben mich, als ob sie mein Kindermädchen wäre.

»Warum bist du nicht in der Schule?«, fragt sie mich schließlich, obwohl ich mich schon umgezogen und keine Schuluniform mehr anhabe. Dann ruft sie ihren Pudel und füttert ihn mit Jaffa Cakes.

»Ich bin kein Dreckschwein«, sage ich. Meine Stimme klingt hohl und älter, als ich bin. Eigentlich will ich sagen, Ich bin nicht *so* ein Dreckschwein.

»Ich habe gesehen, wie du den Karton fallen gelassen hast.«

»Aber das war nicht meiner.«

»Das interessiert mich nicht«, sagt sie. Und dann, mit weicherer Stimme, »Warum hast du ihn denn aufgehoben und dann wieder hingeworfen?«

»Weil ich nicht mehr den Müll anderer Leute in den Mülleimer werfe«, gebe ich zu.

»Warum nicht?«, fragt sie.

»Darum nicht«, sage ich. Mehr sage ich nicht, denn nur ein Wort mehr, und alles würde rausprudeln.

Die alte Frau sagt, das ist traurig. Sie sagt, das heißt, dass sie gewonnen haben, dass sie mich geschlagen haben. Also antworte ich, Okay, okay, dann haben sie mich eben geschlagen, na und, was soll's, und noch ein paar freche Sprüche. Aber wie sie das Wort traurig ausspricht, macht mich auch ganz traurig. Und ich habe schon genug Grund, traurig zu sein, ohne mir auch noch den ganzen Rest aufzuladen.

»Der arme alte Planet braucht Leute, die den Müll aufheben«, sagt sie. »Es ist ihm egal, wer es macht, solange es jemand macht.«

»Ich mache es jedenfalls nicht mehr.«

»Früher habe ich den Leuten, die Müll in die Gegend schmeißen, immer ein Bein gestellt, wenn ich sie erwischt habe«, vertraut sie mir an.

»Hatten Sie keine Angst, ins Gefängnis zu kommen?«, frage ich interessiert, obwohl ich mich gar nicht interessieren will. Das Nachdenken über den nächsten Schritt wird immer mehr wie die Mathehausaufgaben, die man nicht machen will und deshalb immer weiter aufschiebt.

»Ach, darüber mache ich mir in meinem Alter keine Sorgen mehr, mein Junge«, sagt sie bloß. Und dann, »Aber jetzt tue ich es nicht mehr.«

»Ich glaube nicht, dass meine Mutter Leuten Beine stellt.« Ich erzähle ihr, dass Mum Leuten hinterherläuft und so. Und damit sie nicht enttäuscht ist, sage ich, »Aber sie nennt sie auch Dreckschweine.«

Die alte Frau nickt zustimmend. Dann erzählt sie, wenn sie den Leuten mit ihrem Gehstock ein Bein gestellt hat, haben sie sich ein bisschen mehr Gedanken gemacht.

»Wenn Louie versucht, dir ans Bein zu machen, nimm es bitte nicht persönlich«, sagt sie. »Das ist einfach seine Art, Hallo zu sagen.« Dann gibt sie mir ihre Taubenkrallenhand und sagt, dass sie Carki heißt.

»Danny«, sage ich und dabei zittert meine Stimme.

Dann sagt Carki, dass sie pensionierte Englischlehrerin ist, und fragt mich nach meinem Lieblingsbuch. Das ist *Huckleberry Finn*. Also sage ich, »*Huckleberry Finn.*« Das ist das einzige Buch, das ich eingesteckt habe.

Carki erzählt mir, dass Mark Twain in der Nacht geboren wurde, als der Halleysche Komet erschien, und dass er in der Nacht gestorben ist, als der Komet wiederkam. Das weiß ich schon, weil Dad es mir erzählt hat, als wir das Buch zusammen gelesen haben. Aber ich sage, »Wirklich?«, weil sie sich so freut, es mir erzählen zu können. Und weil meine Überraschung sie noch mehr freut, sage ich es noch ein paarmal.

Carki sagt, dass sie es als ihre Pflicht ansieht, uns allen zu helfen, bessere Menschen zu werden, auch wenn wir es anscheinend gar nicht wollen. Sie meint, tief drinnen wollen alle Leute wahrscheinlich bessere Menschen sein, aber sie haben es entweder vergessen oder wissen es gar nicht. »Kein besserer Mensch sein zu wollen, das ist so verrückt, dass man gar nicht drüber nachdenken darf«, sagt sie. Dann kramt sie in ihrer Elvistasche herum und zeigt mir noch ein paar von ihren Schildern.

Carkis Schilder

Bitte und Danke haben noch niemandem
wehgetan!

und

Sie! Ja, Sie! Schalten Sie bitte beim Fahren
Ihr Handy aus!!!

und

Wie fänden Sie es, wenn ich das vor Ihrem Haus
machen würde???

und

Mit einem Haufen Schrott können Sie die Liebe
Ihrer Kinder auch nicht kaufen!!![16]

und

Überall Außerirdische!!![17]

---

[16] Da bin ich nicht so sicher.
[17] Ich frage nicht nach.

Kleiner Hund, großer Haufen

Als Carki fertig ist mit dem Schilderzeigen, sagen wir erst mal eine Weile nichts. Dann springt Louie, der winzige Pudel, hoch und tanzt wie verrückt im Kreis, bevor er sich schließlich hinhockt und den größten Haufen macht, den ich je von einem so kleinen Hund gesehen habe. Er macht endlos weiter, hört gar nicht wieder auf. Louie, der winzige Hund mit dem riesigen Haufen.

»Das kommt von den Jaffa Cakes«, erklärt Carki. Dann wühlt sie wieder in ihrer Elvistasche und holt eine Plastiktüte und eine kleine blaue Strandschaufel hervor.

Ich denke sofort, Frag mich bitte nicht, frag mich bitte nicht, frag mich bitte nicht, ungefähr eine Million Mal, bis sie doch fragt, »Würde es dir was ausmachen, mein lieber Junge? Mein Rücken, weißt du.«

Ich gucke den Haufen an und denke, Kein Wunder, dass ihr der Rücken wehtut.

Weil ...

Und ob es mir was ausmacht, den Hundehaufen aufzu-
schaufeln, aber ich mache es trotzdem. Ich rede dabei nicht,
bis Carki sagt, »Jetzt scheint mir eine gute Gelegenheit, zu
erzählen, was du hier machst.« Sie lächelt. »Das wird dich
ablenken, mein Junge.«

Ich schaue auf Louies Geschäft und hoffe, dass sie Recht
hat.

Und so kommt alles heraus, als ich den riesigen Haufen
eines winzigen Hundes in eine Tüte schaufele.

Ich erzähle es ihr ...

weil ich sonst nichts zu tun habe
weil ich eigentlich seit der Sache mit Finn nicht mehr geredet
   habe
weil sie ein bisschen durchgedreht ist
weil ich auch ein bisschen durchgedreht bin
weil es mir vorkommt wie Üben
weil ich den riesigen Haufen von Louie, dem kleinen blauen
   Pudel, aufschaufele
weil ich weglaufe und nie, nie wiederkomme
und weil, na ja, einfach so ...

Als ich fertig bin, begreife ich zwei Sachen. Die erste ist:
Ganz egal, was ich tue, es wird nie weggehen. Weil ich
nämlich eine Sekunde lang das Gefühl hatte, es würde al-

les aus mir rausfließen und weg sein, aber jetzt füllt es mich allmählich wieder voll.

Die zweite ist: Ich weiß, wieso Pudel Louie so müde aussieht.

Als ich vom Hundeklo wiederkomme, füttert Carki ihn gerade wieder mit einem Jaffa Cake. Ich setze mich hin und überlege, ob sie wohl schon ein neues Schild gemalt hat, auf dem was über Otterplattmachen steht. Stattdessen sagt sie:

»Du hast es richtig gemacht, mein Junge.«

»Aber ich habe die Fensterscheibe eingeschmissen«, sage ich, denn das habe ich nicht erwartet. Und jetzt mache ich mir Gedanken, dass sie vielleicht nicht merkt, wie böse ich bin.

Carki zählt auf, wie viele Sachen jeden Augenblick kaputtgehen. Viel wichtigere Sachen als die Fensterscheibe eines alten Trottels wie Grundy. Schwer zu sagen, ob das ganze verrückte Zeug stimmt, was sie mir erzählt. Ich bin ja schließlich bloß zehn Jahre alt. Alles ist viel komplizierter und bedrohlicher als mit neun oder acht oder sieben oder so. Außerdem bin ich noch gar nicht so lange zehn und kann es wahrscheinlich noch nicht so gut. Das ist bei den meisten Sachen mein großes Problem: kaum habe ich mich endlich dran gewöhnt, wird alles anders. Als ich das Carki zu erklären versuche, sagt sie, die meisten Leute sind verwirrt und durcheinander und tun bloß einfach so, als wären sie es nicht.

»Sogar mein Vater?«, frage ich. Sie nickt, aber das kann

ich kaum glauben, obwohl ich weiß, dass er bestimmt eine ganze Menge Sachen nicht weiß. Aber Dad würde nie so tun, als ob er mehr wüsste, als er wirklich weiß. Ihm gefallen Leute, die sich trauen Sachen zu fragen. Bloß denkt er manchmal, man will viel mehr über irgendwas wissen, als man wirklich wissen will. Dann muss man die ganze Zeit nicken und nicken und noch mal nicken, bis Mum einen rettet oder man so tut, als müsste man aufs Klo oder so was. Dad sagt, die meisten Leute tun die meiste Zeit so, als würden sie alles wissen. Sie verwenden mehr Zeit darauf, nicht dumm auszusehen, als darauf, was dazuzulernen. Sogar *ich* verstehe, wie bescheuert das ist.

Während ich also über all das nachdenke, gibt mir Carki zwei Jaffa Cakes. Sie sagt, einen könnte ich selbst essen, aber ich müsste es ganz schnell und heimlich tun, sonst würde Louie es mir übelnehmen. Ich verfüttere einfach beide an ihn, weil ich es nicht mal ertragen könnte, dass ein kleiner blauer Pudel mit rosa glitzernden Krallen mich nicht leiden kann. Wenn man wegläuft, braucht man alle Freunde, die man kriegen kann.

Ungefähr an dieser Stelle sagt Carki, »Du siehst gar nicht aus, als ob du wegläufst, mein Junge.« Und als ich sie frage, wie ich denn dann aussehe, sagt sie, »Das weiß ich ganz ehrlich gesagt auch nicht, mein Junge. Vielleicht läufst du ja eher *auf etwas zu.*«

»Aber ich habe keinen Schimmer, wo ich hin soll«, sage ich.

»Das Wichtigste ist, dass du dich auf den Weg machst«, sagt sie. »Manchmal regelt sich so was von alleine.«

Jetzt nicke ich und nicke und nicke noch mal, weil ich keine Ahnung habe, wovon sie redet.

Schließlich sagt sie, »Wenn jemand sehr viel nickt, will er damit meistens sagen, dass er etwas nicht weiß, mein Junge.«

»Ich weiß es auch nicht«, gebe ich zu. Als ich es sage, geht es mir gleich besser.

Carki lächelt.

»Nimm noch einen Jaffa Cake.«

Kaum nehme ich ihn, wirft mir Louie der Pudel einen bösen Blick zu.

Ich gebe ihm die Hälfte.

Dann geht ein Mann vorbei, der laut in ein Handy spricht. Er lässt einen Pappbecher zu Boden fallen, tritt ihn platt und geht weiter. Als Carki mit Louie die Verfolgung aufnimmt, ruft sie mir über die Schulter zu, »Anzugträger sind die Schlimmsten! Viel Glück, mein lieber Danny.« Beim Gehen zieht sie ein Schild aus ihrer Elvistasche, auf dem steht:

Heben Sie Ihren Müll auf, Sie nichtsnutziger Flegel!
Ja!
Sie sind gemeint!!!

Ich schaue Carki und Louie nach, wie sie hinter dem Umweltverschmutzer herlaufen.

Und es tut mir sehr leid, dass ich sie angelogen habe.

Durchdrehen

Ich laufe durch die Innenstadt und denke darüber nach, was Carki gesagt hat. Ich dachte immer, man müsste wissen, wo man hingeht, damit das Gehen einen Sinn hat. Und plötzlich wird mir klar, dass ich an alle Orte gehen muss, wo Finn und ich zusammen waren. Und kaum habe ich das gedacht, passiert was richtig Verrücktes.

Ich höre ihn rufen …

Buh!!!

Obwohl er bloß ein einziges Wort ruft, höre ich seine Stimme ganz deutlich. Sie kommt aus allen Leuten, die durch die Lego-Läden rennen und Sachen kaufen. Sie klingt ganz nah und deutlich, als ob er mir gerade eben was ins Ohr flüstert. Sie hat so einen Unterton, mit dem Finn mich immer zum Lachen bringen wollte, über Sachen, die kein anderer wissen oder über die kein anderer lachen sollte. Ich zucke zusammen – so wie man zusammenzuckt, wenn jemand auf einen zuspringt und BUH!!! schreit, wo man nicht weiß, ob man lachen oder demjenigen eine reinhauen soll. Ich suche zwischen den Leuten um mich herum nach Finn, obwohl ich doch weiß, er ist es nicht, weil er es nicht sein kann, weil er es nie wieder sein wird.

Und dann ruft Finns Stimme:

Angela!

So laut, dass ich nicht verstehe, warum es sonst niemand hört. Und jetzt weiß ich, dass ich Angela noch mal sehen muss, bevor ich weggehe. Es kommt mir auch gar nicht so vor, als wäre das bloß ein Vorwand, um mich noch ein bisschen vorm Weggehen zu verstecken. Jetzt verstecke ich mich nicht mehr, weil ich irgendwie weiß, wo ich hinwill, nachdem ich Angela gesehen habe. Ich weiß zwar noch nicht, was ich *danach* tun werde, aber es ist mir auch egal, weil es ja noch nicht passiert ist.

Die Decke der Schande

Ich muss nicht mit dem Bus zurück in die Holt Street oder so was Schlimmes. Mum bringt Angela montags morgens immer zur Gehörlosenschule. Da haben sie zusammen Unterricht in Gebärdensprache, dann gehen sie in den Park und auf den Spielplatz. Das gehört zu ihrem ganz normalen Montagmorgenkram. Dad, Finn und ich sind früher immer samstags mitgegangen. Das gehörte zum Großen Plan, dass die ganze Familie Gebärdensprache lernen sollte. Mum hatte die Idee, und Dad hat eingewilligt. Das macht er meistens, wenn Mum ihn um etwas bittet, selbst bei Sachen, die er offensichtlich nicht machen will[18]. Manchmal mault er ein bisschen, aber am Ende macht er doch immer mit. Und dann versucht er ihr den Spaß zu verderben, indem er ihr unanständiges Zeug ins Ohr flüstert. Aber Mum hört gar nicht hin, bis sie ihm irgendwann mit der Handkante auf den Arm haut. Das ist ihr Zeichen, dass Dad aufhören soll. Schlimmer häuslicher Streit endet meist damit, dass einer von beiden[19] auf dem Sofa schläft, unter der *Decke der Schande* – so nennt sie mein Vater. Die Decke der Schande ist voll mit knallgelben Sonnenblumen. Unsere Große Oma hat sie uns auf einem Flohmarkt gekauft, obwohl wir alle dagegen waren. Mum hat sie sogar ange-

---

[18] Zum Beispiel zum Festival der Kindheit gehen. Das ist so eine Veranstaltung mit Kunsthandwerk und handgemachten Schuhen und langweiligem Holzspielzeug.
[19] Meistens er.

fleht die Decke nicht zu kaufen. Keiner kann die Decke ausstehen, nicht mal Angela, obwohl die gehörlos ist. Vielleicht wollte Oma einen Witz machen, schwer zu sagen.

Jedenfalls war es gar nicht so schlimm, Gebärdensprache zu lernen, obwohl es zusätzlich zur Schule war. Es wurde so eine Art Geheimsprache zwischen Finn und mir, und außerdem konnten wir Angela damit gut unanständige Wörter beibringen. Das hat mehr Spaß gemacht, als man glauben sollte. Meist war es noch lustiger, wenn sie etwas falsch verstanden hat. Und solange es keine richtig schmutzigen Wörter waren – so welche, die ich hier nicht mal sagen kann –, hatten meine Eltern anscheinend nichts dagegen. Deshalb machte es zwar ein bisschen weniger Spaß, aber immer noch genug.

Angela hat echt schnell Gebärdensprache gelernt. Dad meint, das kommt, weil sie nicht erst drüber nachdenken muss wie wir anderen alle. Er meint, die Art, wie wir (Leute, die hören können) denken, ist bloß eine Möglichkeit. Es gibt noch jede Menge andere Möglichkeiten, die wir nicht mal im Ansatz verstehen. Es gibt kein gutes oder schlechtes Lernen. Alles ist bloß Lernen. Dad sagt, wir können nicht mal verstehen, wie ein Mistkäfer die Welt sieht. Ich finde es nicht so schwer, sich vorzustellen, woran ein Mistkäfer denkt. Er heißt schließlich nicht umsonst Mistkäfer. Als ich das zu Dad gesagt habe, habe ich an seinem Blick gleich gesehen, dass ich ihn nicht richtig verstanden hatte. Das passiert ziemlich oft.

Cheesy Wotsits

Das beste Sandwich aller Zeiten ist meiner Meinung nach mit Cheesy Wotsits[20] belegt. Ganz egal, welches Brot man nimmt, obwohl Vollkorn natürlich gesünder ist. So eins esse ich gerade auf dem Weg zum Park, ein Cheesy-Wotsits-Sandwich. Ich habe mir gestern Abend ein paar gemacht, als alle schon im Bett waren. Ich weiß, ich sollte sie für später aufheben, aber ich konnte zum Frühstück nicht viel essen, weil sich mein Magen wie Gummi angefühlt hat.

Ich muss ganz dringend pinkeln. Ich gehe oft aufs Klo. Ich gehe so oft, dass Dad schon gesagt hat, er würde mich dafür Gebühren zahlen lassen. Zuerst wusste ich nicht genau, ob das witzig gemeint war, weil er oft nicht lächelt, wenn er mich aufzieht. Wenn Mum da ist, rettet sie mich manchmal. Aber manchmal auch nicht, wenn sie es witzig findet. Dad verbringt eine Menge Zeit auf dem Klo. So viel, dass Mum schon gesagt hat, *er* müsste eigentlich Gebühren zahlen. Ins obere Klo hat er ein kleines Bücherregal gestellt, weil er so gern jahrelang drinnen hockt. Er sagt, er hat das Regal aufgestellt, weil ihn der Aufdruck auf den Zahnpastatuben gelangweilt hat. Mum hat riesigen Ärger gemacht, weil sie meinte, das würde Finn und mich bloß ermuntern, genauso lange auf dem Klo zu hocken. Sie hat erst aufgehört, als er gesagt hat, dann würde er es eben

---

[20] Falls ihr die nicht kennt: total orange Maiswürmer mit Käsegeschmack.

ins untere Klo stellen. Sie meinte, das sei ja noch schlimmer, weil es neben der Küche liegt. Jedenfalls steht da eine schöne Auswahl Bücher, und sogar Mum stellt ihre Bücher rein, falls sie mal länger in der Wanne liegt.

Als ich zum Park komme, steuere ich sofort die Toiletten an, aber die sind zu, weil sie jemand kaputt gemacht hat. Also gehe ich hinter die Büsche und laufe dabei ganz komisch, weil ich schon so doll muss. Und dann kommt es unendlich lang raus und plätschert total laut. Aber es dampft nicht, weil es nicht so kalt ist. Ein graues Eichhörnchen kommt einen Baum runtergehuscht und beobachtet mich eine Weile. Es wirft mir einen bösen Eichhörnchenblick zu, weil ich auf sein Heim pinkle. Ich sage ihm, dass es mir leidtut, und erkläre ihm, dass die öffentliche Toilette kaputt und geschlossen ist und so. Außerdem sage ich ihm, dass es ja auch noch schlimmer sein könnte. Ich könnte ja auch groß müssen. Ich komme mir blöd vor, weil ich beim Pinkeln mit einem Eichhörnchen rede, aber ich tue es vor allem, um mich von meiner Angst abzulenken, dass ich beim Pinkeln erwischt werde. Wie ihr wahrscheinlich wisst, kann man manchmal nicht, wenn man nervös ist. Onkel Phil hat mir erzählt, wenn er nicht kann, singt er immer »Bohemian Rhapsody«. Das geht bei mir nicht, weil ich den Text nicht kann, und außerdem mag ich *Queen* sowieso nicht besonders. Das wäre typisch mein Pech, wenn ich erwischt werde. Ich sehe schon die Schlagzeile vor mir:

Fieser Otterplattmacher
pinkelt auf
Eichhörnchenheim!!!

Carki und Louie, der blaue Pudel, müssten sich wahrscheinlich ein ganz neues Pappschild ausdenken.

Ente

Ich werde zwar nicht erwischt, aber ich schaffe es tatsächlich, mir vorne auf die Turnschuhe zu pinkeln. Das kam, weil ich ohne Vorwarnung nervös lachen musste. Als ich an Carkis neues Schild gedacht habe. Ich gehe durch den Park zur Eisenbrücke über den Fluss. Obwohl es vorhin geregnet hat, ist das Wasser niedrig und fließt langsam. Im Winter ist es beinahe bis an den Brückenrand gestiegen.

Ein paar Leute füttern die übergewichtigen Enten. Hauptsächlich Frauen und Kinder, ich muss also aufpassen, dass Mum und Angela nicht dabei sind. Manchmal gehört Entenfüttern zu dem Montagmorgenkram, den sie zusammen machen. Und manchmal schmeißt Angela, wenn sie sich langweilt, stattdessen Brotrinden nach den Enten. Die sind nämlich so dick und fett, dass sie nicht so schnell ausweichen können wie ihre dünnen Verwandten. Sie zielt inzwischen richtig gut. Manchmal ärgert sich Mum darüber, aber den Enten macht es anscheinend nichts aus.

Harte Brotrinden von fetten, gierigen Enten abprallen lassen – das ist eine der letzten Sachen, die Finn und ich Angela beigebracht haben. Und als ich darüber nachdenke, wird mir klar, dass ich etwas weiß. Etwas Großes, was sich die ganze Zeit in mir drin versteckt hat. Es hat bloß darauf gewartet, in genau dieser Sekunde rauszuplatzen. Wenn schon irgendwas das Allerallerletzte sein muss, was man jemandem beibringen kann, dann ist fetten, gierigen Enten harte Brotrinden an den Kopf zu schmeißen bestimmt nicht das Schlechteste. Ich fühle mich jedenfalls gleich ein bisschen besser. Und ganz ehrlich, gerade im Moment ist es mir egal, ob ihr meint, das habe ich verdient, oder nicht.

Am anderen Ende der Eisenbrücke hat jemand was aus einem alten Baumstamm geschnitzt. Sieht aus wie eine fette Zigarre, die ein Riese in die Erde gesteckt hat. Und außen herum kreisen so zwei Otter, die einen großen Fisch jagen. Das Problem ist nur, irgendwer hat den ersten Otter abgebrochen, den oberen. Wo er sich nach unten geschlängelt hat, ist jetzt bloß noch gesplittertes Holz, wie eine hässliche Narbe. Der untere Otter sieht ein bisschen traurig und einsam aus, obwohl er in einer halben Sekunde einen dicken Fisch fangen wird. Er ist traurig, weil er den dicken Fisch gern geteilt hätte. Aber jetzt kann er das nicht mehr. Weil der andere Otter, der obere, für immer weg ist. Er kommt nie wieder.

Viele Kinder aus der Gehörlosenschule gehen auf den Spielplatz im Park. Schon von weitem kann man sehen, wie sie sich beim Rumflitzen in Gebärdensprache unterhalten. Wenn schönes Wetter ist, machen die Eltern manchmal Picknick zusammen, als ob sie irgendein Verein wären. Ich hoffe, das machen sie heute auch, obwohl es geregnet hat.

Ich gehe nicht auf den Spielplatz. Stattdessen verstecke ich mich hinter einem Baumstamm vor dem Eisengeländer. Ich versuche, nicht so zu tun, als ob ich James Bond bin oder so, obwohl ich anderen Leuten nachspioniere und nicht erwischt werden will. Aber das wäre zu viel Ablenkung.

Das Stück Geländer vor meiner Nase ist zum Fundbüro

für Handschuhe geworden. Ungefähr zehn einzelne Handschuhe hängen noch vom Winter über der Stange. Sie sehen aus, als ob sie winken, aber nicht so *Hallo, wie geht's?*, sondern mehr so *Hilfe! Hilfe! Holt mich hier raus!* So eine Art La Ola von Leuten, die ertrinken.

Mum entdecke ich fast sofort, sie ist nämlich die einzige Gehörlosenmutter mit wilden roten Haaren. Angela hat auch wilde rote Haare, aber sie ist ein bisschen schwieriger zu finden, weil sie so winzig klein ist und eine braune Affenmütze aufhat. Die trägt sie, seit sie drei ist, weil Oma Irland sie ihr zum dritten Geburtstag gestrickt hat. Wenn man bloß mal so nebenbei erwähnt, sie könnte die Mütze doch mal zu Hause lassen, würde sie einen Riesenanfall kriegen. Für eine Gehörlose kann Angela richtig laut werden. Mum sagt, das kommt, weil sie keinen Lautstärkeregler hat.

Schließlich finde ich sie. Sie wartet in einer Schlange von gehörlosen Kindern, dass sie auf die größte Rutsche vom ganzen Spielplatz kann. Und natürlich hat sie ihre braune Affenmütze auf.

Man weiß nie, in keiner Sekunde, was für irgendwen auf einmal ganz wichtig werden kann[21].

Als ich jetzt Angela zugucke, wie sie drauf wartet, auf die Riesenrutsche zu klettern, fühle ich mich plötzlich wieder ganz schlecht ihretwegen. Ich meine, sie weiß doch überhaupt nicht, wie winzig klein sie ist und wie riesig groß alles andere um sie herum. Es ist doch so:

---

[21] Oder wieso.

ANGELA

ALLES ANDERE

Sie erzählt gerade einem anderen Mädchen, das nur eine lange blonde Augenbraue über beiden Augen hat, sieht aus wie eine gelbe Raupe, dass Donut schon wieder gegen den Küchentisch gerannt ist. Ihre kleinen Hände bewegen sich wahnsinnig schnell. Ich glaube, das andere gehörlose Mädchen mit der Raupenbraue kommt nicht mit, weil es die ganze Zeit so Zeichen macht: Was? Und was? Und dann was?

Als Angela ihr gerade noch mal erzählt, wie blöd Donut eigentlich ist, kommt ein anderes Kind von hinten und schubst sie voll um. Der Junge hat ihr den Rücken zugedreht. Aber er ist echt groß, und Angela prallt einfach von ihm ab. Ich will gleich übers Geländer springen und hinrennen, Angela aufhelfen und ihm eine reinhauen. Obwohl ich weiß, dass es keine Absicht war. Ich will ihm bloß zeigen, wie groß er ist, und ihm sagen, dass er jeden Moment die Augen aufhalten und auf winzige Leute wie meine kleine Schwester achten muss. Das ist mein Job.

Aber Angela steht auf, geht hin und schubst den großen Jungen zurück. Ganz ehrlich. Sie nimmt ein bisschen Anlauf und schubst ihn dann, so doll sie kann. Ihm macht das nicht viel aus, sie prallt wieder ab, aber immerhin bemerkt er sie. Als er sich umdreht, sagt sie, *Hau ab, du blöder Sack!*

Dabei kommen mir zwei Sachen in den Kopf. Einerseits bin ich stolz, weil Finn und ich es ihr beigebracht haben. Andererseits kriege ich das totale Zehn-Pence / Fünf-Pence-Gefühl. Für den Jungen ist sie nämlich bloß ein winzig kleines Mädchen mit einer albernen braunen Affenmütze, das ihn gerade geschubst und ihm unanständige Sachen an den Kopf geworfen hat. Man muss auch gar nicht Gebärdensprache können, um zu wissen, dass es unanständige Wörter waren. Ich sehe, er überlegt sich, ob er ihr eine reinhauen soll, aber dann lässt er es, weil sie so klein ist und seine Freunde ihn auslachen würden. Dann ist die Sache vorbei, weil das Mädchen mit der Raupenbraue Angela antippt, sie ist nämlich dran mit Rutschen. Also kraxelt sie den steilen Berg aus Metallstufen hoch und kommt mit Lichtgeschwindigkeit die riesige Rutsche runtergesaust.

Einfach unglaublich, dass sie nicht begreift, wie leicht sie kaputtgehen kann.

Was Angela alles auf der Riesenrutsche passieren könnte

1. *Sie könnte auf der Stufe ausrutschen, wo ein anderes Kind was zu trinken verschüttet hat.*
2. *Sie könnte mit dem Kopf nach hinten auf die Metallstufen fallen.*
3. *Sie könnte mit dem Fuß oben am Geländer hängenbleiben und da baumeln, bis die Feuerwehr kommt.*
4. *Sie könnte von ganz oben runterfallen und neben den weichen Matten landen.*
5. *Sie könnte zu schnell runterrutschen und auf den Knien landen.*
6. *Sie könnte zu langsam runterrutschen und von jemand Schnellerem von hinten getreten werden.*
7. *Sie könnte stecken bleiben und von den Nachkommenden erdrückt werden.*
8. *Jemand könnte ihr unten ein Bein stellen.*
9. *Jemand könnte auf sie drauffallen und sie plattmachen[22].*
10. *Die Rutsche könnte auf sie drauffallen.*

Am meisten Angst macht mir, dass es ihr genau so passieren wird, wie ihr der große, ungeschickte Junge passiert ist. Er kam aus heiterem Himmel, und er hat nicht mal gemerkt, was er gemacht hat. Und obwohl er es gar nicht wollte, hat er sie trotzdem umgeschubst. Irgendwas könnte

---

[22] Siehe 4.

Angela kaputt machen und es gar nicht merken. Die meisten Sachen, die passieren können, lassen vorher kein böses Lachen hören oder so. Wäre vielleicht besser, dann hätte man wenigstens eine Vorwarnung. Das wäre schon mal was.

Aber Angela tut so, als hätte das alles gar nichts mit ihr zu tun, als wäre das nicht ihr Problem. Und sie könnte ein böses Lachen ja sowieso nicht hören. Als ich zugucke, wie sie noch mal die Rutsche runtersaust, wird mir schlagartig klar, wie klein sie ist und wie leicht man sie plattmachen könnte. Ich schaue zu Mum rüber und überlege, ob sie wohl Bescheid weiß. Sie steht neben einer roten Schaukel und ist ganz klein und kupferrot. Ich habe mal gehört, wie sie zu Dad gesagt hat, es fällt ihr schwer, wie eine richtige Mutter auszusehen. Ich glaube, sie meinte so Mütter aus dem Fernsehen oder aus Zeitschriften. Sie steht also neben drei anderen Müttern, die wie richtige Mütter aussehen, als ob sie gerade aus dem Fernseher gestiegen sind. An ihrer Haltung sehe ich, dass sie wahrscheinlich überlegt, wie sie so aussehen könnte wie die anderen drei.

Manchmal macht Mum Sachen, die richtige Mütter wahrscheinlich nicht machen würden. Zum Beispiel malt sie lustige Bilder von Sachen, die in unserer Familie passiert sind. Die hält sie in einem großen Koffer unter Verschluss, also sind sie wohl so was wie ein Tagebuch. Ich glaube nicht, dass die Bilder im Koffer irgendwie geordnet sind, aber sie schreibt immer das Datum unten links in die Ecke. Und sie nimmt immer genau den gleichen Stift.

Meine Lieblingszeichnung ist aus der Zeit, als ich acht

war. Darauf bin ich, wie ich mit einem großen Eis zur Tür reinkomme. Sie hat mich eine Weile komisch angeguckt und dann gesagt, sie gibt mir zwei Pfund, wenn sie mir das Eis ins Gesicht drücken darf. Ich habe Ja gesagt, weil ich mit so viel Geld ungefähr drei Eis kaufen und außerdem den Rest von dem zerdrückten behalten konnte. Sie hat gesagt, ich soll den Nusskrokant abmachen, damit ich ihn nicht in die Augen kriege. Dabei grinste sie breit, so von innen. Als sie mir dann die Eistüte auf die Nase gedrückt hat, musste sie laut lachen, weil sie da kleben blieb und ich aussah wie Pinocchio, wenn er gelogen hat. Das Eis war zwar kalt, und ich hatte es in beiden Nasenlöchern, und meine Nase wurde ganz taub, aber das hat mir nichts ausgemacht. Als sie nämlich fertig war, hat sie Danke gesagt und dass sie sich jetzt viel besser fühlt. Und das war gut. Später habe ich mir das Geld mit Finn geteilt, aber wir haben kein Eis davon gekauft. Ich glaube, wir haben Chips gekauft. Ich habe mir noch Tage später angetrocknetes Eis und Himbeersoße aus der Nase gepult. Hat mir irgendwie eine Zeit lang den Appetit auf Eis verdorben.

Argentinien

Als ich Mum neben den richtig aussehenden Müttern auf dem Spielplatz sehe, wird sie irgendwie kleiner. Ich will es nicht, aber es passiert. Das passiert in letzter Zeit öfter. Die ganze Welt bleibt gleich, aber alle Leute, die ich kenne, schrumpfen anscheinend. Es kommt mir auf einmal so vor, als ob alle Leute, die mir wichtig sind, jeden Moment ohne Vorwarnung von einer Riesenrutsche plattgemacht werden könnten. Außerdem sehe ich, als ich meine schrumpfende Mum angucke, dass sie nicht merkt, wie sie schrumpft. Also wird es wohl auch sonst niemand merken.

Übrigens: Wer wie eine richtige Mutter aussieht, ist noch lange keine. Das weiß ich, weil ich einen Jungen namens Tony Rumsey in der Klasse habe. Das ist so einer von den Jungen, die im Urlaub ins Eurodisney fahren, und dann vielleicht noch woandershin. Wir sind nicht befreundet, seine Freunde haben nämlich ständig neue Klamotten und teure Turnschuhe an und so. Normalerweise kann Rumsey mich nicht leiden, weil ich ein Secondhandladen-Opfer bin. Dad hat sich vorgenommen, nie wieder neue Sachen zu kaufen. Das Einzige, was Mum nicht secondhand kauft, sind Unterhosen. Das wäre auch echt zu schlimm, man darf gar nicht dran denken.

Ihr seht also, es kam ziemlich überraschend, als Tony Rumsey eines Morgens plötzlich anfing mit mir zu reden. Ich muss zugeben, ich war ziemlich froh, jemanden zum

Reden zu haben, weil man Finn und mich gerade getrennt hatte. Und zwar, weil wir zusammen »störende Elemente« waren, wie Crimble-Crumble es nannte. Schule macht keinen Spaß, wenn man sich nicht in Gebärdensprache unterhalten oder abwechselnd so tun kann, als ob man vom Stuhl fällt, zehn Mal in einer halben Stunde, oder unterm Arm Furzgeräusche machen oder richtig furzen kann. An dem Morgen jedenfalls wurde Tony Rumsey von seiner Mutter zur Schule gebracht, die sehr nach richtiger Mutter aussieht und so einen riesigen Allrad-Geländewagen fährt, die Dad nicht ausstehen kann. Rumsey kam direkt auf mich zu. Zuerst dachte ich, er will mir eine reinhauen, weil er endgültig übergeschnappt ist und meine bloße Anwesenheit einfach nicht mehr ertragen kann. Er guckte so ein bisschen durchgedreht, und wie gesagt, normalerweise kann er mich nicht leiden. Aber an dem Morgen hat er bloß mit komischer, wackliger Stimme gefragt: »Danny oder Finn?«

Ich habe ihm gesagt, wer ich bin, und er hat gefragt, »Gefällt dir Argentinien?«

Das kam ein bisschen überraschend, und ich habe geantwortet, dass ich darüber noch nicht nachgedacht habe, aber dass es bestimmt ganz okay ist.

Dann hat er gesagt, »Rate mal, wo ich die letzte Nacht verbracht habe.«

Darauf konnte ich nur sagen, »Keine Ahnung, wo hast du denn die Nacht verbracht?«

»In unserem Keller«, sagte er mit so einem leisen Kichern, bei dem ich an ein verrücktes Frettchen denken musste.

»Hast du gecampt?« Ich musste mich sehr anstrengen, nicht über das Wort Frettchen zu lachen, ich fand nämlich schon immer, dass es total albern klingt.

»Nein«, kicherte er, »aber ich möchte wetten, er ist größer als eurer.«

Das stimmt wahrscheinlich, sagte ich, unser Keller ist nämlich ziemlich winzig, und Dad bewahrt da unten sein selbstgebrautes Bier auf.

So ging es also hin und her, eine total durchgedrehte Unterhaltung für morgens vor der ersten Stunde auf dem Schulhof. Dann hat er den Ärmel von seinem Kapuzenpulli hochgekrempelt und mir einen großen dunkelblauen Fleck am Arm gezeigt. Ich schwöre, der hatte genau die gleiche Form wie Argentinien. Zuerst dachte ich, er zeigt ihn mir, weil er stolz drauf ist. Aber wie er geguckt hat, das sah überhaupt nicht nach Stolz aus. Und dann kam alles aus ihm rausgesprudelt, als ob er brechen müsste oder so. Und es kam mir so vor, als ob er schrumpfen würde, obwohl er natürlich genau gleich groß blieb.

Rumsey hat erzählt, dass seine Mutter ziemlich durchgedreht ist, obwohl sie mehr wie eine richtige Mutter aussieht als alle Mütter, die ich kenne. Er hat erzählt, die meiste Zeit schläft oder weint sie, oder sie schreit rum oder verbrennt das Abendessen oder sperrt ihn im Keller ein, weil er das Abendessen nicht essen konnte, das sie verkohlt hat. Diesmal lag es daran, hat er gesagt, dass er die

Schuld fürs Bettnässen auf sich genommen hat[23], damit seine kleine Schwester nicht die ganze Nacht in den Keller gesperrt wird. Er hat einfach immer weiter Worte ausgespuckt, als ob er ihren Geschmack nicht ausstehen könnte.

Und wenn ihr jetzt denkt, ich verrate Geheimnisse oder so, das stimmt nicht. So wie er mir das alles erzählt hat, hat es sich nicht nach einem Geheimnis angehört. Es klang eher so, als ob er es niemand Bestimmtem erzählen wollte. Er hätte es ebenso gut dem Mülleimer oder der ganzen Welt erzählen können wie mir. Um ehrlich zu sein, glaube ich, dass er bloß neben mir stand, weil der Mülleimer ein bisschen stank.

Damals habe ich nicht verstanden, wieso er die ganzen Worte ausspucken musste, aber jetzt, wo ich euch das erzähle, verstehe ich es ein ganz kleines bisschen. Ich glaube, Rumsey musste es erzählen, damit es nicht die ganze Zeit in seinem Kopf eingesperrt war. Ich war bloß ein kleines Stück besser als ein stinkender alter Mülleimer auf dem Schulhof. Als er jedenfalls wegging, hat er sich noch mal umgedreht und gesagt, »Ich konnte dich noch nie leiden.«

[23] Das hat Finn auch eine Zeit lang gemacht, obwohl er im oberen Bett schlief.

Durcheinander

Obwohl Mum nicht wie eine richtige Mutter aussieht, finde ich doch, sie ist eine sehr gute Mutter. Sie hat uns noch nie in den Keller gesperrt oder unser Abendessen verkohlt – jedenfalls nicht sehr oft. Wenn ich drüber nachdenke, hält sie sich wahrscheinlich jetzt noch weniger für eine richtige Mutter, weil ich abgehauen bin. Als ich das denke, werde ich innerlich ganz zerknittert wie eine alte Pommestüte.

Durcheinander
Durcheinander wegen Mum
Durcheinander wegen Dad
Durcheinander wegen Angela
Durcheinander

Ich kann mich gar nicht mehr an Zeiten erinnern, wo nicht alles durcheinander war. Sogar die Zeit, bevor das mit Finn passiert ist, wo alles noch klar war und gar nicht durcheinander sein dürfte, nicht mal die bleibt so. Es kommt mir vor, als ob alles bloß darauf gewartet hat, ein einziges Durcheinander zu werden. Wirklich sehr, sehr hinterhältig.

Daran kann man mal wieder sehen: Man kann sich nie drauf verlassen, dass irgendwas bleibt, wie es ist. Nicht mal die stärksten Sachen der Welt, die schon ganz sicher passiert sind; die sehen auch bloß so aus, als ob sie sicher und stark und schon passiert sind. Sie sehen aus, als ob sie stillstehen, aber das stimmt nicht. Ganz und gar nicht. Nichts steht still, nicht eine Sekunde. Und was noch schlimmer ist: Nicht stillstehen heißt normalerweise kaputtgehen. So ist das mit den meisten Sachen auf der Welt, sie warten nur darauf, jeden Augenblick bei der kleinsten Gelegenheit in eine Million Stücke zu gehen, und man kann nichts dagegen tun.

Von diesen ganzen Gedanken wird mir innen drin so schlecht, dass ich mich bloß noch hinter einen Baum setzen und mein letztes Cheesy-Wotsits-Sandwich[24] essen will.

[24] Es gibt jetzt auch andere Sorten, zum Beispiel mit Schinkengeschmack, aber Cheesy Wotsits gehen am besten für Sandwiches. (Ich habe noch eine Notfallpackung, aber die ist nur für Notfälle.)

Wenn ich weg bin ...

1. *können sie sich ein kleineres und umweltfreundlicheres Auto kaufen.*
2. *können sie schönere Urlaubsreisen machen.*
3. *können sie unser Zimmer vermieten.*
4. *können sie aufhören, über Finn nachzudenken.*
5. *können sie aufhören, über Danny nachzudenken[25].*
6. *werden sie nicht mehr dauernd an irgendwen oder irgendwas erinnert.*

[25] Siehe 6.

Meistens Angst

Ich möchte nie erwachsen werden. Ständig muss man so furchtbar schlechte Laune haben. Man muss sich ja als Kind schon genug Gedanken machen. Wenn man dann endlich erwachsen ist, kommen noch Millionen andere dazu. Rechnungen, Versicherungen, Arbeit finden, und dann kommen noch die Sorgen um andere Leute oder um den Zustand der Welt.

Dad sagt, wenn es einen Gott gibt, muss er einen sehr kranken Humor haben. Um ehrlich zu sein, habe ich nie gewusst, was er damit meint, bis die Sache mit Finn passiert ist. Jetzt glaube ich, er meint, dass Gott einem die ganzen Sorgen um die Leute aufhalst, um die man sich Sorgen macht. Er macht die Menschen so, dass sie ganz leicht plattzumachen sind, und dann schubst er sie in eine Welt, wo Millionen Sachen bloß darauf warten, sie plattzumachen.

Ich weiß nicht, wie es euch geht, aber wenn ich über so was nachdenke, kriege ich Angst. Die Angst ist so im Hintergrund wie ein Radio. Meist bemerkt man sie gar nicht, aber ab und zu doch. Ab und zu springt sie sozusagen aus der Kiste, wenn man gar nicht damit rechnet.

Abgesehen von Leuten mache ich mir noch Sorgen um:

Huckleberry Finn
Eistüten
Schwimmen
Furzen
Pickled Onion Monster Munch [26]
Kung-Fu-Filme
Geburtstage
Ferien
und Cheesy-Wotsits-Sandwiches

Um ehrlich zu sein, habe ich schreckliche Angst um alle Sachen, die wir geteilt haben, weil sie bestimmt die ganze Zeit so leicht kaputtgehen konnten, und ich habe es bloß nicht gemerkt.

---

[26] Fast so gut wie Cheesy Wotsits, und sie sehen lustiger aus.

Blasen

(Erster Teil)

Als ich drüber nachdenke, wird mir klar, wieso die Leute dauernd rumrennen. Ich glaube, sie versuchen vor der Angst im Hintergrund wegzurennen. Als ob sie beim Wegrennen so tun könnten, als wäre sie gar nicht da, als wäre sie nicht hinter ihnen her.

Das fängt an, sobald man merkt, dass Menschen nicht ewig halten.

Wie gesagt, mir ist es erst aufgefallen, seit das mit Finn passiert ist. Vielleicht muss also was Großes passieren, bevor einen die Angst zum ersten Mal anspringt. Als mir klarwurde, dass meine Eltern auch die ganze Zeit Hintergrundangst haben müssen, habe ich mich ein bisschen erschreckt. Bis dahin hatte ich sie immer für so was wie Superhelden gehalten, wie den Unglaublichen Hulk. Für Leute, die nichts und niemand plattmachen kann, außer vielleicht auf ganz hinterhältige Weise.

Ich folge Mum und Angela noch ein bisschen, als sie vom Spielplatz weggehen. Ich möchte nämlich jede kleinste Einzelheit von ihnen festhalten. Ich möchte niemals vergessen, wie sie aussehen. Ich gehe hinter ihnen her und starre sie an, bis mir die Augen brennen, weil ich sie gar nicht mehr zumache, damit mir nichts entgeht.

Sie gehen Hand in Hand, wie anscheinend ziemlich viele Leute. Manchmal zeigt Mum auf Sachen, damit Angela sie auch sieht. Ich weiß, dass Mum ihr jedes Mal zuerst die Hand drückt, um sich bemerkbar zu machen, bevor sie ihr was Interessantes zeigt. So haben sie was gemeinsam. Sie stecken sozusagen in ihrer eigenen persönlichen Blase. Als ich mich im Park umgucke, sehe ich überall jede Menge persönliche Blasen. Sie sind alle verschieden. Aber was sie alle gemeinsam haben: es sind mindestens zwei Menschen darin, oder zumindest zwei Lebewesen, so wie Carki und Louie, der blaue Pudel.

Ich habe keine Blase mehr, weil ich allein bin.

Als Mum und Angela zu dem Otter-Baumstamm kommen, bleiben sie eine Weile stehen. Ich muss zugeben, ich komme mir komisch vor, wenn ich sie so beobachte. Weil ich weiß, was sie vermissen; ich vermisse es nämlich auch. Weil ich in genau der gleichen Sekunde genau das Gleiche fühle wie sie, kommt es mir vor, als ob ich ganz nah bei ihnen bin, obwohl ich ganz weit weg unter den Bäumen stehe. So nah, dass ich ihre Hände halten könnte.

Lachschuppen

Ich glaube, ich habe mich am Samstagmorgen von Angela verabschiedet, aber bei ihr weiß man nie so genau. Mum sagt, sie ist so tief wie das Meer.

Mum lag jedenfalls noch im Bett. Dad war unten und hat sich eine Sendung über die Planeten angeschaut. Ich habe mich von ihm ferngehalten, das war nämlich so eine Sendung, die Finn und ich früher immer mit ihm angucken mussten.

Ich bin in den Garten gegangen, um mir einen Backstein mit drei Löchern zu suchen, den ich ausgraben könnte. Angela versuchte Donut gegen den wackligen Gartenschuppen rennen zu lassen, damit der wackelte. Sie warf seinen Kauball so dicht an den Schuppen, dass er jedes Mal dagegenschlitterte. Sie freute sich, dass die Tür klapperte, obwohl sie es gar nicht hören konnte.

Donut hatte großen Spaß. Jedes Mal, wenn er gegen den Schuppen schepperte, brachte er danach den Kauball zu Angela zurück, damit sie ihn wieder werfen konnte. Und obwohl der total vollgesabbert war, warf sie ihn immer wieder.

Auf einmal sah sie ganz klein und verrückt und traurig zugleich aus. Sie hatte ihr Hexenkostüm von Halloween an, das eigentlich unheimlich aussehen sollte. Aber zusammen mit ihrer Affenmütze sah sie darin bloß so aus, als ob man sie ganz leicht plattmachen könnte.

Ich wusste, dass sie wusste, dass irgendwas passieren

würde. In den letzten Tagen war sie mir immer hinterhergeschlichen und hatte mir heimliche Blicke zugeworfen. Heimlich, weil sie jedes Mal wegguckte, wenn ich zurückguckte.

Ich habe mich neben den Gartenweg gestellt und gewartet, bis sie nicht mehr anders konnte, als mir einen heimlichen Blick zuzuwerfen. Dann habe ich sie gefragt:

Darf ich auch mal?

Angela hörte auf, Donut gegen den Schuppen zu jagen, und dachte einen Augenblick nach. Nicht so wie sonst, um mich aufzuziehen, sie dachte wirklich drüber nach.

Dann warf sie den Ball wieder zum Schuppen und ließ Donut dagegenrennen.

Ich musste also auf den nächsten heimlichen Blick warten. Ich merkte, wie sie versuchte mich nicht anzugucken. Als sie es doch tat, sagte ich bloß:

Bitte, Angela.

Wieder hörte Donut einen Moment auf, gegen den Schuppen zu scheppern. Ich glaube, Angela wollte so tun, als ob sie meine Gebärden nicht verstanden hätte[27]. Aber dann fing sie einfach wieder an, Donut gegen den wackeligen Schuppen scheppern zu lassen.

Der Schuppen wackelte inzwischen so doll, dass es aussah, als ob er lacht.

Ich fühlte mich richtig schlecht, drehte mich um und ging zum Haus zurück. Aber nach nur drei oder vier Schritten

---

[27] Das kann sie echt gut.

knallte mir so ein nasses, klebriges Ding an den Hinterkopf. Der Ball war so vollgesabbert, dass es richtig platschte, als er auf die Erde fiel.

Ich drehte mich um, und Angela stand neben Donut, der wie verrückt mit dem Schwanz wedelte.

Blasen

(Zweiter Teil)

Jetzt habe ich das Gefühl, es ist der richtige Moment, um zu gehen. Wenn ich noch länger im Park bleibe, kann ich mich nicht mehr zurückhalten und gehe zu Mum und Angela. Wenn ich sie nämlich schon nicht vorm Plattmachen retten kann, dann kann ich mich wenigstens mit ihnen zusammen plattmachen lassen.

Aber ich gehe nicht zu ihnen. Ich gehe einfach weg, zwischen den ganzen Leuten durch, die alle in ihren eigenen Blasen stecken. Ich gucke mich heimlich über die Schulter noch mal nach Mum und Angela um. Sie sind vom kaputten Otterbaum weg und gehen über die Eisenbrücke. Sie zeigen wieder auf Sachen, unterhalten sich mit Gebärden und halten sich an der Hand. Sie schieben ihre persönliche Blase langsam zum Bus der Linie 57, der sie nach Hause bringt. Meine Gedanken malen sich aus, was sie wohl denken werden, wenn sie merken, dass ich weg bin, aber das kann ich noch nicht aushalten.

Blasen

(Dritter Teil)

Ach ja, noch was zu den Blasen: Sie platzen. Daran kann man sie erkennen.

Tauben

Die Tauben in Bahnhöfen tun mir immer leid. Sie benehmen sich, als ob sie die ganze Zeit deine Freunde sein wollten. Ich weiß, in Wirklichkeit wollen sie wahrscheinlich bloß was zu fressen. Aber man kann sich ganz leicht vorstellen, dass sie sich mit dir treffen wollen oder so was. Dad sagt, manche Leute nennen sie »Fliegende Ratten«, weil sie auf alles draufmachen, wenn sie nur können.

Sie müssen wirklich ganz schön blöd sein, dass sie hier rumhängen. Es gibt nämlich jede Menge Hinweise, dass sie nicht erwünscht sind. Wenn du nur eine Sekunde wie eine Taube denkst, merkst du doch, dass jemand überall scharfe Spitzen draufgemacht hat, wo du dich am liebsten hinsetzen willst. Drahtspitzen, die dir in den Hintern stechen sollen. Es muss echt mies sein, wenn man so wenig gemocht wird, dass einem die Leute Drahtspitzen in den Hintern stechen wollen. Aber den Tauben macht das anscheinend gar nichts aus, sie sind wohl einfach zu blöd.

Ich habe mir mit dem Rest vom Geburtstagsgeld eine Fahrkarte gekauft, und jetzt warte ich auf den Zug. Der Mann, der mir die Fahrkarte verkauft hat, sah hinter seiner dicken Glasscheibe total verschwommen und elend aus. Ich habe noch nie drüber nachgedacht, aber man fühlt sich bestimmt total verschwommen und elend, wenn man die ganze Zeit auf seinem Stuhl hockt und anderen Leuten Fahrkarten überallhin verkaufen muss.

Was ich gerade in mir drin fühle

- *keine Ahnung, was als Nächstes passiert*
- *das Gefühl, in Urlaub zu fahren*
- *alles hinter mir lassen und nie mehr wiederkommen*
- *ganz unten im Bauch das Gefühl von Bewegung*
- *aufgeregt, weil ich ganz allein mit einem großen Zug fahre*
- *ängstlich, weil ich ganz allein mit einem großen Zug fahre*
- *Sorgen wegen der Leute, um die ich mich sorge*
- *Sorgen, dass mich die Polizei erwischt*
- *nirgendwo hinkönnen*
- *will ein Cheesy-Wotsits-Sandwich*

Sollen

Weil ich jetzt schon so weit weg bin von meinem normalen Montagmorgenkram, kann ich mir nur ganz schwer
vorstellen, wie ich mich dabei fühlen soll. Wenn man seine
normalen Sachen macht, weiß man, was man fühlen soll.
Weil man sie normalerweise schon ganz oft gemacht hat
und die Leute es einem sagen oder zeigen. Nicht bloß Eltern oder andere Erwachsene, auch Freunde. An der Bushaltestelle zum Beispiel sollst du dich langweilen. Wenn
du merkst, dass du deine Hausaufgaben vergessen hast,
soll dir ein bisschen schlecht werden. Wenn ein großer
Hund gegen den Zaun kracht, neben dem du stehst, soll
dein Hintern Zehn Pence / Fünf Pence machen.

Als der Zug endlich einfährt, rumpelt er wie ein Riesen-
nashorn. Ich bin froh, dass es so ein riesengroßer lauter
Zug ist, weil man da wirklich merkt, dass man wegfährt.
Warum sollten sie sonst so einen großen Zug hinstellen,
wenn man keine große Fahrt macht?

Dad hat mir mal ein Foto von einem Zug gezeigt, der
ungefähr zehn Kilometer lang war. Der lebt irgendwo in
Amerika. Dad findet Züge richtig toll. Einmal hat er Finn
und mir seine alte Modelleisenbahn gegeben, die er noch
von früher hatte, als er klein war. Wir haben ein bisschen
damit gespielt, aber es wurde schnell langweilig. Dann haben wir rausgefunden, dass man die Züge frontal zusam-
menkrachen lassen kann oder die Tiere von der Playmobil-

farm damit plattfahren. Aber das wurde nach kurzer Zeit auch langweilig. Dad hat uns erklärt, das kommt daher, weil wir beide zusammen die Aufmerksamkeitsspanne einer Schnake haben. Als wir ungefähr eine Minute lang nicht geantwortet haben, hat er uns erklärt, dass eine Schnake eine ganz kleine Fliege ist. Dann hat Finn ihn gefragt, ob die PlayStations noch mit Dampf betrieben wurden, als er klein war. Dad hat gelacht, weil das Dampfzeitalter ungefähr eine Million Jahre her ist. Als er gelacht hat, habe ich mir gewünscht, ich hätte das gefragt.

Uhrwerk

Jetzt gehe ich den Bahnsteig lang. Jetzt steige ich in den Zug. Jetzt überlege ich, ob ich meine Tasche ins Gepäcknetz tun soll, weil die anderen Leute es auch machen, sogar ein paar Kinder. Jetzt beschließe ich, sie unten zu lassen, weil ich *Huckleberry Finn* lesen will und weil ich Äpfel und was zu trinken in der Tasche habe. Jetzt finde ich einen Platz in der Richtung, in die der Zug fährt, weil ich auf jeden Fall immer so sitze. Wenn ich nicht sehen kann, wo ich hinfahre, kriege ich ein komisches Gefühl. Jetzt merke ich, dass ich schon wieder aufs Klo muss, aber ich kann nicht, weil wir noch im Bahnhof stehen. Jetzt denke ich über das Pipi nach, das auf die Gleise läuft, und frage mich, was wohl mit den großen Haufen passiert.

Ich sage die ganze Zeit *Jetzt, Jetzt, Jetzt*, damit ihr seht, dass ich mich innen drin wie ein Uhrwerk fühle. Und zwar deshalb, weil die ganzen anderen Gefühle, die sich da vorher herumgeschlängelt haben, jetzt nicht mehr schlängeln. Sie sind irgendwo anders hin, und ich hoffe, da sind sie glücklich. Vielleicht hatten sie einfach die Nase voll, weil ich mich nicht entscheiden konnte, welches von ihnen ich richtig fühlen sollte.

Jetzt fängt die große Lok an zu brummen und der Waggon an zu zittern, und plötzlich kriege ich das große Ich-weiß-nicht-wo-es-hingeht-Gefühl. Jetzt bin ich kein Uhrwerk mehr. Stattdessen könnte ich mir jeden Augenblick in die Hose machen. Und die Angst ist auch nicht mehr im

Hintergrund wie ein Radio. Stattdessen sitzt sie auf dem Platz neben mir. Ich zittere vor Angst, wie wenn man zum Zahnarzt muss.

Ich bin noch nie ganz allein so weit von zu Hause weg gewesen. Und obwohl ich weiß, dass ich hier bin, obwohl sich der Sitz weich anfühlt, und das Fenster kalt und flach, als ich die Wange dranhalte, ist es nicht echt. Es kommt mir vor, als ob wer anders im Zug sitzt und mir bloß davon erzählt. Ich nehme *Huckleberry Finn* aus der Tasche und versuche die Stelle zu lesen, wo Huck und Jim zusammen losfahren. Aber die Wörter sehen bloß aus wie schwarze Flecken und haben nichts mit mir zu tun.

Einkaufstütenmonster

Ein Junge kommt den Gang langgesaust, genau in meine Richtung. Er sieht aus, als würde er von irgendwas verfolgt, was ihn fressen will. Ein bisschen erinnert er mich an den Löffel aus dem Kinderlied, weil sein Kopf viel zu groß ist für den ganz kleinen Körper. Er tut mir sofort leid, ich weiß nicht, wieso. Obwohl er so schnell läuft, stößt er gegen keinen der anderen Fahrgäste, die immer noch ihr Gepäck verstauen. Und dann sehe ich, was ihn verfolgt. Es ist ein großes, aufgeblähtes Einkaufstütenmonster. So ein ganz schlechter Außerirdischer aus einem billigen Gruselfilm. Wo alle immer rumrennen und zu viel schreien.

Der Löffeljunge huscht auf den Sitz mir gegenüber. Er guckt immer noch, als ob er gejagt wird, obwohl das Monster, das hinter ihm her ist, in Wirklichkeit seine Mutter ist, die keucht und schnauft und ihre schweren Einkäufe auf den Tisch wuchtet. Sein verschreckter Gesichtsausdruck bleibt wie festgewachsen. Dann stellt seine Mutter eine riesig fette Einkaufstasche voll mit gefrorenen Hühnchenteilen direkt auf *Huckleberry Finn*. Sofort mag ich sie nicht mehr leiden, obwohl Mum immer sagt, man soll allen Leuten eine Chance geben. Ich kann sie nicht leiden, weil sie das Buch gesehen hat, bevor sie ihre Tasche draufgestellt hat, aber es war ihr egal. Und außerdem treten sie mir beide auf die Füße, ohne sich zu entschuldigen[28].

---

[28] Mum sagt, gutes Benehmen kostet nichts.

Würstchen

Die Monstermutter hat auch einen Löffelkopf, aber man merkt es nicht gleich, außer man starrt sie eine Minute lang an. Weil alles an ihr so groß ist. Vielleicht hat sie schon eine Menge Kinder gejagt und erwischt und gefressen. Als sie sich hinsetzt, saugt sie irgendwie alles ein und lässt es dann wieder raus. Ich kriege dabei das Gefühl, dass die Welt für sie immer ein paar Nummern zu klein ist. Und sie riecht wie beim Zahnarzt.

Dann fällt mir auf, dass sie ganz kleine Hände hat. Nicht zu glauben, wie klein sie aussehen, wie sie da an ihrem großen Rest hängen. Ihre Finger sind so wie diese kleinen Würstchen, von denen man mindestens hundert essen kann, ehe einem schlecht wird. Es sieht aus, als hätte sie die Hände aus Versehen irgendwo mitgenommen und ihre eigenen liegenlassen. Bei dem Gedanken muss ich (heimlich) lachen. Sie trägt jede Menge Ringe, und ihre Fingernägel sind genau so rosa angemalt wie die von Louie, dem blauen Pudel.

Der Löffelkopfjunge starrt sofort aus dem Fenster. Aber er achtet darauf, dass er nicht das Gesicht ans Glas hält, dabei finde ich, das ist fast das Beste, was man machen kann, wenn die Fahrt losgeht. Er starrt raus, ohne einmal zu blinzeln, obwohl wir noch gar nicht aus dem Bahnhof raus sind. Obwohl es nichts zu sehen gibt als graue Betonwände und große schwarze Rußflecken. Ich gucke nicht hin, weil ich aus dem Augenwinkel gesehen habe, dass einer der

Rußflecken sehr wie ein Otter aussieht. Und ehrlich gesagt möchte ich so schnell keinen Otter mehr sehen.

Weil der Junge den Bahnhof anstarrt, kann ich ihn in Ruhe angucken, ohne dass er es merkt. Seine Augen sehen ein bisschen aus wie von einem Außerirdischen: leicht platt-gedrückte dunkle Kreise.

Ich starre ihn so lange an, dass sein Kopf irgendwann nicht mehr echt aussieht, so als ob er ihn jederzeit abneh-men könnte. So wie die Außerirdischen bei Dr. Xargel[29], wenn sie auf die Erde kommen, um heimlich unser Leben zu studieren. Die ganze Zeit, während ich ihn anstarre, tut er mir immer noch mehr leid. Dann fällt mir auf, wie or-dentlich er aussieht. Nicht einfach nur so, als seine Mutter über ihn hergefallen ist und ihn zurechtgemacht hat, bevor sie aus dem Haus gegangen sind, sondern so, wie man nur aussehen kann, wenn man die ganze Zeit total still sitzt und nichts anfasst. Und dann sehe ich noch, dass er unter der Jacke so ein bescheuertes Namensschild an den Pullo-ver geheftet hat, falls er verlorengeht oder seinen Namen vergisst oder so was. Aber ich kann nicht mehr nachgucken, wie er heißt, weil Monstermutter gerade gemerkt hat, dass ich ihn anstarre.

---

[29] Angelas Lieblingsbuch.

Monstermutter hat auch Dr.-Xargel-Augen. Die starren mich direkt über die Einkaufstüte voller Hühnchenteile an. Ihre Augen wissen nichts vom Gejagtwerden; sie kennen nur Jagen. Sie keucht und schnauft mich an, und dadurch wird sie noch tausendmal unheimlicher als das Einkaufstütenmonster. Plötzlich wird mir klar, ich stecke mitten in einem V.-H.-M. Deshalb sage ich einfach, was mir gerade durch den Kopf geht, nämlich:

»Sie haben gerade *Huckleberry Finn* plattgemacht.«

Es ist natürlich total bescheuert, ausgerechnet in einem V.-H.-M. so was zu sagen. Genau in dem Augenblick hält Löffelkopfjunge seinen kleinen Finger an die Fensterscheibe, weil der Zug sich endlich in Bewegung setzt.

»Bazillen«, sagt sie, ohne den Blick von mir zu wenden. Sie sagt es gar nicht mit so fieser Stimme, aber es klingt trotzdem fies. Auf den Jungen hat das Wort eine unheimliche Wirkung: er zuckt zusammen, als ob jemand im Dunkeln aus dem Gebüsch gesprungen ist. Dabei geht seine Jacke auf, und endlich kann ich sein Namensschild richtig sehen. Und sofort weiß ich, wieso er mir die ganze Zeit so leidtut. Darauf steht nämlich:

Ich heiße
Tom Thumb[30]**.**
Sehr erfreut!

[30] Ihr wisst schon, wie der Winzling aus dem Märchen.

Zuerst habe ich Angst, dass ich einen (heimlichen) Lach-
anfall mit Schulterwackeln kriege. Aber der kommt nicht.
Stattdessen wird mir im Magen ein bisschen flau, als ob
ich was Schlechtes gegessen hätte. Ich verkrieche mich in
Huckleberry Finn. Aber das hat auch keinen Zweck: die Wörter haben sich komischerweise wieder in schwarze Kringel
verwandelt.

Ich gucke Tom Thumb und seine Mutter ein paarmal
heimlich an; ich kann einfach nicht anders.

Seine Eltern müssen ihn wirklich hassen, dass sie ihm so
einen Namen gegeben haben. Stellt euch bloß mal vor, wie
der Lehrer ihn zum ersten Mal in der Klasse vorliest. Schon
beim Gedanken daran wird mir schlecht. Mit so einem Namen kann man womöglich keinen Menschen mehr leiden,
weil man keinem mehr trauen mag.

Denkt bloß mal drüber nach. Selbst wenn sie euch nicht
lauthals auslachen, müsstet ihr euch immer Sorgen machen,
dass sie stattdessen (heimlich) lachen.

Monstermutter keucht und schnauft, keucht und schnauft,
keucht und schnauft dem armen Tom Thumb immer wieder das Wort »Bazillen!« hin.

Und wieder
und wieder
und wieder
und wieder
und wieder,
bis ich mit dem Zählen gar nicht mehr nachkomme und
mir wünsche, Dad wäre hier und könnte mir helfen.

Nach ungefähr anderthalb Stunden fange ich an, mir Gedanken zu machen, wie viele Bazillen es wohl auf der Welt gibt. Sie würden mich ja nicht stören, aber ich weiß gar nicht genau, was Bazillen eigentlich so machen und wieso. Ich muss mir schon genug Sorgen machen und will mir nicht auch noch über Sachen den Kopf zerbrechen, an die ich bis gerade eben überhaupt noch nie gedacht habe. Dad hat mal gesagt, wenn man eine Liste von all den Sachen machen würde, die ich nicht weiß, brauchte man dazu bisher unbekannte Astrophysik. Um ehrlich zu sein, denke ich allmählich, Sachen rausfinden ist auch nicht so toll, wie alle immer behaupten. Wenn man was erfährt, dann weiß man es eben, und das war's. Jetzt kann man natürlich sagen, es gibt ja auch so was wie Vergessen, aber ich glaube, davon geht es nicht wieder weg. Es wird bloß im Kopf unsichtbar und ändert trotzdem den Blick auf die Sachen.

Als sich Monstermutter schließlich keuchend und schnaubend aus der Tür und zur Toilette schiebt, mache ich die Augen auf und setze mich gerade hin.

»Ist das wirklich deine Mutter?«, frage ich Tom Thumb.

Er guckt mich an, als ob ich eine neue Sorte Bazillen wäre. Die auf gefrorenen Hühnchenteilen lebt. Dann guckt er nach, ob seine Mutter nicht zurückgerannt kommt. Als er sich überzeugt hat, nickt er. Ich zeige auf sein Namensschild. Als er merkt, dass ich den Namen nicht sagen will, entspannt sich sein Gesicht ein ganz klein bisschen. Dann nickt er wieder.

»Ehrlich?« Ich frage, weil ich es einfach nicht glauben

kann. Er schaltet wieder den Hühnchenbazillenblick an. Dann sucht er mein ganzes Gesicht ab, ob ich womöglich (heimlich) lache. Als er sicher ist, dass ich nicht lache, beugt er sich vor und sagt:

»In deinem Mund leben im Augenblick fünfhundert verschiedene Bakterienarten.«

»Ehrlich?«, frage ich, weil das ganz nach neuem Kopfzerbrechen klingt.

»In jedem Mund«, sagt er. »Außer in meinem.«

»Da bin ich ja froh, dass es nicht bloß bei mir so ist«, sage ich.

Dann sagen wir eine Weile nichts mehr. Draußen saust die Welt am Fenster vorbei, als ob sie es gar nicht erwarten kann, endlich ländlich zu werden.

»Gibt es denn eine Menge Bazillen?«, frage ich, weil es das Einzige ist, was mir einfällt, was nichts mit seinem bescheuerten Namen zu tun hat. Tom Thumb kriegt wieder den Hühnchenbazillenblick. Mir wird klar, warum er mich dauernd so anguckt: weil er dran gewöhnt ist, selbst die ganze Zeit so angeguckt zu werden. Vielleicht glaubt er, man muss so gucken.

»Ist deine Mutter übergeschnappt?«, frage ich ihn. Jetzt guckt er wieder so *gejagt* mit seinen Dr.-Xargel-Augen, aber nicht mehr mit dem Bazillenblick. Das ist schon mal beruhigend. Dann nickt er ganz, ganz leicht.

»Redest du nicht gern mit anderen?«, frage ich.

»Es gibt mehr als eine Million Bazillen«, sagt er, »und die leben überall an deinem Körper.«

Dass ich von Bazillen wimmele, macht mir nichts aus. Also frage ich ihn:

»Hast du denn auch überall Bazillen?«

Tom Thumb schüttelt den Kopf.

Da wird mir klar, wieso mir die vielen Bazillen auf mir nichts ausmachen. Mir ist einfach lieber, ich habe sie, vor allem, wenn keine Bazillen haben heißt, dass man die ganze Zeit so schreckliche Angst hat wie Tom Thumb. Er sieht aus, als ob er aus Angst gebaut ist, so wie Lego-Häuser aus Legosteinen.

Tom Thumb ist der ängstlichste Mensch, den ich je gesehen habe. Und das ist nicht bloß Hintergrundangst. Ich weiß zwar, dass ich weglaufe, aber ein kleines bisschen glaube ich inzwischen auch, dass ich auf etwas zu laufe. Fragt mich nicht, wieso, das weiß ich nämlich nicht.

»Ich laufe weg«, erzähle ich ihm. Ich weiß nicht, wieso, es platzt einfach raus.

Er guckt wieder nach seiner Mutter und fragt dann, »Warum?«

Echt schwere Frage. Die Gründe stampfen in mir herum wie riesengroße Dinosaurier. Also sage ich bloß:

»Darum …« Das einzige Wort, das alles erklärt, ohne dass wir den Rest unseres Lebens dafür brauchen. Immerhin guckt er mich jetzt anders an, nicht mehr wie eine ganz normale Bazillenschleuder.

»Wo willst du denn hin?«, fragt er. Als ich sage, dass ich das nicht so genau weiß, wird er noch neugieriger. »Wie fühlt sich das an?«, fragt er.

»Keine Ahnung«, antworte ich. »Ich bin ja noch dabei.«

»Ach so«, sagt er.

»Ich habe die ganze Zeit so ein Blubbergefühl im Bauch«, erkläre ich.

»Das ist bloß Angst«, sagt Tom Thumb total überzeugt. Dann erkläre ich ihm die anderen Gefühle, das Wie-in-Urlaub-fahren und das Allein-in-einem-großen-Zug und das Was-wohl-als-Nächstes-passiert. Als ich endlich wieder einen Augenblick still bin, sieht Tom Thumb ganz schrecklich durcheinander aus und guckt zweimal nach seiner Mutter.

»Ich wünschte, ich könnte weglaufen«, sagt er und kichert verschämt. Ich finde das ganz schön mutig von ihm.

»Was würdest du denn als Erstes machen?«, frage ich. Er schaut mich an, als ob ich wirklich total blöd wäre. Also sage ich schnell, »Nachdem du deinen Namen geändert hast.«

»Im Meer schwimmen«, sagt er. »Ich würde einfach reinlaufen, mit Sachen an. Es wäre mir ganz egal, ob es kalt ist oder verseucht oder mutierte Fische drin schwimmen oder Atom-U-Boote oder große Haufen.«

Und dann redet er endlos weiter über die ganzen Sachen, die er machen würde. Und dabei sieht er allmählich nicht mehr wie ein kleiner Junge aus, der gejagt wird und vor allem Angst hat. Sondern wie ein ganz normaler Junge. Wie du und ich.

Tom Thumbs Weglaufliste

1. *Seinen Namen ändern.*
2. *Mit Sachen im Meer schwimmen.*
3. *Jede Menge Eier essen.*
4. *Sich nie mehr waschen, jedenfalls nicht bis er erwischt wird.*
5. *Auf den Mount Everest steigen.*
6. *Ins Kino gehen.*
7. *In einem Zelt wohnen.*
8. *Ringer werden.*
9. *Nichts mehr von Bazillen wissen.*
10. *Freunde finden.*

Als er mit der Liste durch ist, sieht Tom Thumb aus, als ob er sich bewegt, obwohl er ganz still sitzt. Und zwar nicht so, als ob er gejagt wird. Da tut er mir erst recht leid.

Nach der Sache mit Finn wurde es bei uns zu Hause auch ein bisschen so. Immer wieder mal guckte ein Stück von unserem alten Leben hervor, so wie wir früher waren. Bevor alle anfingen, sich dauernd über alle anderen Sorgen zu machen. Früher haben wir ziemlich oft ziemlich viel gelacht. Nicht dauernd, das wäre ja blöd, aber oft. Das Problem war nur, damit davon wieder was zum Vorschein kam, musste man Finn vergessen. Und wenn er einem dann wieder einfiel, dann stürzte man innen drin ab wie von einer Klippe. Auch wenn man ihn bloß eine halbe Sekunde lang vergessen hatte. Man hatte trotzdem ein schlechtes Gewissen, weil es so eine Erleichterung war, ihn zu vergessen. Dann habe ich allmählich gedacht, dass wir versuchten, ihn zu vergessen, weil es so eine Erleichterung war oder weil wir es sollten oder irgend so was.

Zum ersten Mal ist es mir bei einem Pizza-und-Video-Abend aufgefallen. Am Pizzaabend wurde immer das Telefon abgestellt, und wir fünf waren unter uns. Dabei kriegte ich immer so ein warmes, dichtes Gefühl im Bauch, vor allem, wenn draußen schlechtes Wetter war. Pizzaabend ist immer am Freitag, außer in den Schulferien. Es war der erste Pizzaabend seit Finn, und man hat gleich gemerkt, dass alle so tun als ob, damit sich alle besser fühlen, ganz normal, wie früher. Und dann hat auf einmal eine Millisekunde lang keiner mehr so getan als ob. Das war bei einer lustigen Stelle im Film, und alle lachten gleichzeitig, sogar Angela, und Donut klaute wie immer die Pizzaränder. Danach gab es keinen Pizzaabend mehr. Kein Mensch sagte ein Wort drüber. Wir hörten einfach auf damit, als wäre es das Normalste von der Welt.

Aber um ganz ehrlich zu sein, innen drin war ich total sauer auf Finn, als ob es seine Schuld war oder so was Bescheuertes. Es war seine Schuld, dass wir nur noch vier waren beim Pizzaessen und Lachen. Ich weiß, das hört sich schrecklich an, aber es stimmt. Das Komische an der Sache ist, Finn hat von allen Leuten, die ich kenne, am liebsten gelacht.

So ist es jedenfalls gekommen, dass Mum und Dad und

Angela und ich irgendwie unter dieser Sache feststecken, so ähnlich wie Tom Thumb.

»Du weißt aber viel über Bazillen«, sage ich, bloß um was zu sagen. »Hast du irgendeine Krankheit?« Anscheinend hat Tom Thumb seine Angst vor allem Möglichen heimlich auf mich übertragen. Es war ein großer Fehler, ihn nach Bazillen zu fragen, weil er sofort mit einer Riesenliste von Krankheiten anfängt, die man sich auf der ganzen Welt einfangen kann. »Meine Mutter liest das alles in einem großen Medizinlexikon, das sie gebraucht gekauft hat. In einem Secondhand-Buchladen.« Bei ihm klingt das so, als ob er mir erklären will, was ein Secondhandladen ist. Das ärgert mich ein bisschen, darum sage ich, »Das ist aber ein bisschen bescheuert.«

Er guckt mich komisch an, also erkläre ich, »Wenn sie sich so viele Gedanken um Krankheiten macht, hätte sie doch wohl auch ein bisschen mehr für ein neues Medizinlexikon springenlassen können.«

Cheesy-Wotsits-Notfallpackung!

Weil Tom Thumb gar nicht mehr nach seiner Mutter Ausschau hält, tue ich es an seiner Stelle.

»Bleibt sie immer so lange weg?«

»Ja.« Er nickt. Dann erklärt er mir, dass sie auf jeden Fall immer die am wenigsten schmutzige Toilette im ganzen Zug finden muss. Und wenn sie die gefunden hat, macht sie erst mal sauber. »Darum hat sie auch immer so eine große Tasche dabei«, sagt er. »Da sind lauter Putzmittel und fünf Paar Gummihandschuhe drin.«

Ich frage ihn, wieso denn fünf, und er sagt, keine Ahnung.

An dieser Stelle beschließe ich, meine allerletzte Notfallpackung Cheesy Wotsits rauszuholen. Ich weiß, ich müsste sie eigentlich noch aufheben, weil es hier im Zugimbiss bestimmt keine gibt. Aber ich kann jetzt wirklich ein paar gebrauchen. Kaum hat Tom Thumb sie erblickt, merke ich, das war ein Fehler. Er sagt mit total zittriger Stimme:

»Nichts als orange Konservierungsstoffe.«

Ich reiße die Tüte auf und biete ihm einen an. Das ist noch ein großer Fehler, denn er schnappt sich die ganze Tüte und stopft sich immer drei auf einmal in den Rachen. Er schmatzt und mampft, als ob er seit ungefähr zwei Monaten nichts gegessen hat und Cheesy Wotsits die beste Erfindung der Welt sind. Einen Moment überlege ich, ob ich die Tüte retten soll, aber dann lasse ich es. Obwohl ich weiß, dass es im Zugimbiss bestimmt bloß gesalzene Chips gibt, die nach nichts schmecken, außer man zählt dick und schrumplig als Geschmack.

Inzwischen kommt es mir vor, als ob ich schon ewig in diesem Zug sitze. Der Himmel ist ganz schwarz geworden, und der Fahrtwind schmiert dicke fette Regentropfen quer über die ganze Scheibe. Die machen ein Geräusch, als ob was kaputt geschlagen wird. Meine Gedanken sagen, Dreihundertsiebenundzwanzig Kilometer von der Holt Street weg, und die dehnen sich hinter mir wie ein Gummiband.

Tom Thumb, der lebende Staubsauger!

Ich glaube, nichts hat mir je so gut gefallen wie Tom Thumb, der meine Notfallpackung Cheesy Wotsits so gern gemocht hat. Er mag sie so gern, dass es schon fast unheimlich ist. Ich habe das Gefühl, er will alles aufessen, was er bisher verpasst hat. Und nicht nur das, dazu auch noch alles, was er noch verpassen wird, nächste Woche zum Beispiel oder übernächste.

Ich schaue zu, wie er die leere Packung ganz aufreißt und flach auf dem Tisch ausbreitet. Ganz sorgfältig hält er die Enden mit seinen orangen Zeigefingern fest. Dann macht er was ziemlich Durchgedrehtes: Er leckt jedes kleine orange Krümelchen auf, das er entdecken kann. Dafür nimmt er die vorderste Zungenspitze. Zuerst zuckt die Zunge so raus wie bei einer Schlange, dann leckt er die Tüte in ganz geraden Linien ab. Alle paar Sekunden hört er auf und guckt nach, ob er nichts übersehen hat. Und als er ein winzig kleines Wotsit-Krümelchen entdeckt, das sich auf seiner Nasenspitze versteckt hat, streckt er die Zunge raus und leckt es ab. Tom Thumb ist erst der zweite Mensch, den ich kenne, der mit der Zungenspitze an die Nase kommt. Der andere Junge heißt Bob Cox. Er hat es immer in der Pause auf dem Schulhof vorgeführt. Man musste sich anstellen und ihn mit Süßigkeiten oder Chips bezahlen.

Als Tom Thumb fertig ist, hat er die Cheesy-Wotsits-Tüte total sauber geleckt. Dann sucht er mit angefeuchtetem Finger den Tisch nach Krümeln ab. Dann leckt er sich

Finger und Daumen ab, als ob er sich selbst aus der Welt lutschen wollte.

Es dauert bloß ungefähr fünf Sekunden, und schon sind die Tüte und der Tisch und er selbst so sauber wie die Toiletten seiner Mutter. Ich möchte ihm Beifall klatschen wie einem Zauberer, der gerade ein Schwert verschluckt hat.

Tom Thumb,
der lebende Staubsauger!

Monstermutter kommt von der saubersten Toilette im ganzen Zug zurückgetrottet. Ich überlege, ob ich sie fragen sollte, welche es ist. Inzwischen mache ich mir echt Sorgen wegen der Bazillen.

Kaum ist sie wieder da, setzt Tom Thumb wieder seinen Dr.-Xargel-Kopf auf.

Aber sie weiß Bescheid.

Ich sehe es daran, wie sie den Blick über den Tisch schweifen lässt. Ihre Augen starren über die prallen Einkaufstüten. Ich verkrieche mich hinter *Huckleberry Finn*, beobachte sie aber weiter. Ich habe das schreckliche Gefühl, dass sie über die Notfallpackung Cheesy Wotsits Bescheid weiß.

»Er hat mich gezwungen«, sagt Tom Thumb und zeigt mit dem orangen Finger auf mich, als ob noch jemand anderes da wäre. Ich kann es nicht fassen, dass die fiese kleine Ratte mich verpetzt. Er hat noch nicht mal ihre Frage abgewartet. Monstermutter guckt mich an, als ob sie mich zerquetschen will wie eine kleine Mücke und nur die vielen Zeugen sie davon abhalten.

»Allergisch«, sagt sie.

Ich beschließe, ihn auch zu verpetzen. »Ich habe ihm einen einzigen angeboten, und er hat sie alle verputzt«, erkläre ich ihr. Nicht, dass ihr was Falsches denkt, normalerweise verpetze ich niemanden, aber ihr seid sicher meiner Meinung, dass Tom Thumb es verdient hat. »Und dabei war es meine Notfallpackung Cheesy Wotsits.«

»Höchst allergisch«, sagt sie mit einer Stimme, die wie ein Betonklotz auf mich runterknallt.

Fünf Minuten später habe ich jedenfalls die Nase voll davon, böse angestarrt zu werden, als ob ich eine Krankheit wäre, also stelle ich mich schlafend. Ich lausche dem Knarren und Rauschen des Zuges, der durch den Nachmittag saust, und bald schlafe ich tatsächlich ein.

Ich träume davon, dass Finn und ich schwimmen. Wir schwimmen im Fluss ein Wettrennen gegeneinander, und er gewinnt. Ich habe nämlich vergessen, wie man schwimmt, und das Wasser ist eiskalt. Er ruft meinen Namen, und seine Stimme klingt so nah wie beim Flüstern, obwohl er ganz weit weg ist. Das Letzte, was ich sehe, ist sein Kopf, der auf und ab wippt wie ein Otter im Wasser, und dann ist er weg.

Knurren

Der Zug weckt mich, als er anhält. Zuerst blinzele ich vorsichtig, aber Tom Thumb und Monstermutter sind weg, und ihre Einkaufstüten auch. Als ich mich umschaue, merke ich, dass ich sogar der einzige Mensch im ganzen Wagen bin. Draußen ist schon Abend und es regnet ein bisschen, und hier muss ich aussteigen. Als ich auf den Bahnsteig trete, versuche ich ganz doll, mich nicht darüber zu freuen, dass Tom Thumb Tom Thumb heißt.

Aber es funktioniert nicht.

Ich mache die Tür zu, und der Schaffner schaut mich einen Augenblick an, bevor er in seine Pfeife bläst und wieder in den Zug steigt. Die Lokomotive ist schrecklich laut, als der Zug wegfährt, aber als er weg ist, kommt mir die Stille sehr tief und ewig und noch schlimmer vor.

Der Bahnhof sieht irgendwie dunkel und verlassen aus. Ich fühle mich sehr weit weg von zu Hause. Der Wind jault leise und weht kalte Regentropfen wie winzige Nadelstiche unters Bahnsteigdach zu mir. Ein kleiner weißer Hund kommt angelaufen, aber als ich versuche ihn zu streicheln, knurrt er. Dann läuft er weg, und ich gehe ihm nach, aus dem Bahnhof raus.

Und draußen rieche ich es: es riecht nach Meer.

Ha, ha, ha

Die Insel ist eigentlich keine Insel. Jedenfalls nicht immer. Bei Ebbe ist sie mit dem Festland verbunden. Dann sieht sie ein bisschen aus wie eine Riesenhand. Als ich an den Häusern vorbei den Hügel runterlaufe, sehe ich, dass Ebbe ist und dass ich also rüberlaufen kann. Ich denke, Und jetzt? Und zwar aus mehreren Gründen. Es ist kalt, ungemütlich, regnerisch. Jede Menge schwere Wolken hängen über mir wie nasse Schwämme. Das Meer ist grau und sieht ärgerlich aus, die Wellen zischen und rauschen. Aber am schlimmsten sind eine Horde Möwen, die mich ganz laut auslachen. Sie hören ungefähr eine Minute lang auf, dann flattert eine mit den Flügeln und sie fangen alle wieder an. Kein besonders freundliches Lachen. Nein. Es hört sich eher so an wie bei manchen Kindern in der Schule, die sich drüber freuen, dass du dir wehgetan hast.

Irgendwie habe ich gedacht, wenn ich hier auf diesem Strand stehe, wo wir alle zusammen als Familie richtig glücklich waren, dann würde alles anders. Aber das ist nicht passiert, außer dass es mir sogar noch ein bisschen schlechter geht.

Ich gehe die Kurve der kleinen Bucht entlang zu den Felsen. Ich gehe genau bis zu der Stelle, wo Finn und ich eine Familie Seeotter beim Fischen entdeckt haben. Ich weiß noch, wie ihre fünf kleinen Köpfe mit den dunkelblauen Wellen auf und ab schaukelten wie Schokokugeln. Der größte Teil der Felsen versteckt sich im Nebel, und ich kann das Meer bloß hören. Noch dazu macht der Wind in meinen Ohren gerade jetzt ganz schlecht einen Geist nach. Trotzdem strahlt die Erinnerung an diesen Tag irgendwie in mir. Das kommt bestimmt, weil ich so oft daran gedacht habe, dass sie ganz glatt poliert ist. Wenn man sechs Wochen nicht spricht, hat man jede Menge Zeit für solche Sachen. Aber obwohl ich jetzt gerade hier stehe, kommt mir die Stelle ganz unbekannt vor. Die Erinnerung in meinem Kopf ist viel wirklicher. Nicht so kalt und nass und heulend.

Meine Eltern, Angela, Finn und ich stehen auf den Felsen und gucken den glänzend glatten schokoköpfigen Ottern zu, wie sie auf und ab, auf und ab schaukeln.

Und genau jetzt, genau in dieser Sekunde, habe ich das Gefühl, ich bin ihnen ganz nah. Wir haben hier so schön gelacht, und so können wir nie wieder lachen. Die Erinnerung tut gar nicht so weh, wie man glauben sollte. Und ehe ihr jetzt sagt, ich bin herzlos, so ist es ganz und gar nicht. Es tut schon weh, aber gleichzeitig fühlt es sich auch gut an. Weil es nämlich *passiert ist*, und ganz egal, was noch passiert, es wird immer passiert sein, für immer und ewig.

Das war's.

Unheimlich

Ich gucke zu den Häusern hoch, die über der winzig kleinen Bucht aufgereiht sind. In einem nach dem anderen gehen die Lichter an, als es dunkler wird. Ich suche nach dem Ferienhaus, in dem wir damals gewohnt haben, aber ich kann es nicht entdecken. Regen und Nebel und Dämmerung tun sich zusammen und verstecken es vor mir. Ich kann das Meer zwar nicht sehen, aber in der Luft ist überall salzige Gischt, weil es sich so gegen die Felsen schmeißt. Der Regen wird stärker. Wenn die dicken fetten Tropfen aufklatschen, hört es sich an wie Würstchen, die in der Bratpfanne zischen.

Es gibt ganz bestimmt ein Gewitter.

Ich muss unbedingt einen Platz zum Übernachten finden. Mir ist das alte Bootshaus eingefallen, das an der Küste liegt, hinter den Bäumen. Finn und ich haben es entdeckt, als wir eines Morgens ganz früh Seeotter beobachten wollten. Wir haben Mum und Dad angebettelt, uns darin übernachten zu lassen, und waren total geschockt, als sie Ja gesagt haben. Das war eine der tollsten Nächte aller Zeiten, auch wenn es ein bisschen unheimlich war. Wir haben nicht viel geschlafen. Wir haben bloß mit unseren Taschenlampen in den Schlafsäcken gelegen und uns Gruselgeschichten erzählt.

Ich versuche, auf keinen Fall an eine dieser Geschichten zu denken, als ich über den Strand laufe. Aber ich kann nichts machen: mir fallen die ganzen Psychos ein, weil wir nämlich damals total auf Horrorfilme standen. Der Wind wirbelt alles in alle Richtungen und heult den Strand lang. Dauernd schubst und zerrt er mich und weht mir salzige Gischt in die Augen.

Ich stolpere über einen unsichtbaren Baumstumpf, den die Nacht da versteckt hat, und falle kopfüber in einen flachen Tümpel mit eiskaltem Meerwasser. Ich bin klitschnass und zittere wie Wackelpudding. Ich kann nichts mehr sehen, weil mir das Salzwasser die Augen rausbrennt. Ich kann nichts mehr hören außer dem Wind, der dröhnt wie eine Lok. Auf einmal kriege ich ein Gefühl dafür, wie groß das alles ist.

Ich will zu Hause sein. Ich will in meinem Etagenbett liegen und kichern, weil Finn sich über mir hin und her schmeißt und ein Lied furzt und auch kichert. Was mir da einfällt, war bestimmt nach einem Pizzaabend, weil sein Hintern dann immer italienisch gesprochen hat. Ich will das alles so doll, dass es richtig wehtut, als ob ich mich mit der Papierkante am Daumen geschnitten hätte. Dann bläst mir der Wind genau in die Nase, und ich schnaube und grunze wie ein Schwein.

Und dann fange ich schließlich an zu weinen.

Irgendwas platzt in mir drin wie eine Blase, mitten in diesem blöden Gewitter. Alles strömt aus mir raus, und selbst wenn ich wollte, ich könnte nichts dagegen machen. Ich bin so blind und taub und nass und fröstelig, dass ich es nicht schaffe.

Und das strömt aus mir raus:

Finn

und der blöde ausgestopfte Otter
und genau sechs Wochen lang kein Wort reden
und Angela auf der Riesenrutsche
und dass Mum nicht weiß, wie eine richtige Mutter aussehen
    sollte
und dass Dad die ganze Zeit zählt und zählt und zählt, weil ihm
    nichts Besseres einfällt
und dass ich blind und taub und nass und fröstelig in diesem
    Meerwassertümpel sitze und mich im Gewitter verlaufen habe
und dass ich genau jetzt einen ganz tauben Hintern habe

Das alles kommt heulend aus mir rausgesprudelt, bis auf
den letzten Tropfen. Und gerade als ich denke, jetzt ist alles
raus, fällt mir Tom Thumb ein, der meine Notfallpackung
Cheesy Wotsits aufgegessen hat.

Nicht gerade sehr hilfreich.

Und jetzt habe ich sehr große Angst und weiß, dass ich
es nicht besser verdient habe. Aber ich glaube nicht, dass
irgendeine Regel sagt, es muss mir auch gefallen und ich
darf mich nicht richtig ausheulen deswegen.

Tolle Idee

Mitten in dem ganzen Elend passieren zwei gute Sachen. Als Erstes fällt mir auf, dass meine Tasche noch trocken ist, weil sie von meiner Hand baumelt, die ich hoch in die Luft gehalten habe. Das heißt, *Huckleberry Finn* und meine ganzen anderen Sachen sind nicht mit mir baden gegangen. Das Zweite ist ein total heftiger, riesiger Blitz. Er macht die ganze Nacht taghell, beinahe ein V.-H.-M., aber dann zeigt er mir, wie das Gewitter aussieht und das alte Bootshaus. Das Gewitter ist ganz aus schrägem Regen und Wirbeln und Wolken, aber der Schatten vom Bootshaus ist ein stabiles schwarzes Rechteck, so dass ich mich gleich besser fühle. Der Blitz zeigt mir auch, dass ich über den verrotteten Rumpf eines alten Bootes gefallen bin.

Ich stehe schnell auf und stapfe und patsche zum Bootshaus. Obwohl der Sturm so laut ist, höre ich es knarren und stöhnen, als ob es Schmerzen hat und niemand ihm zu Hilfe kommt – außer mir. Aber als ich die Tür aufgekriegt habe, bleibe ich erst mal einen Augenblick stehen. Durch die offene Tür sieht das Innere aus wie ein großer schwarzer Rachen mit Mundgeruch. Das merkt man sogar bei dem Wind: wenn es noch mehr nach Fisch riechen würde, käme es aus dem Wasser.

Ich halte die Luft an und gehe rein.

Drinnen stolpere ich ungefähr zehn Jahre lang im Dunkeln herum, bis mir die Schachtel Streichhölzer einfällt, die ich in der Tasche habe. Das Donnergrollen klingt so, als ob nebenan jemand schwere Kleiderschränke hin und her schiebt, obwohl nebenan gar nichts ist. Alles knackt und knistert und dehnt sich, als ob jemand in eine Papiertüte atmet, damit ihm nicht schlecht wird. Das Bootshaus hört sich an, als ob es jeden Moment zusammenklappt. Und zwischen den Windstößen hört man ständig das Meer brüllen.

Also:

Ich bin blind,
ich bin nass,
ich zittere wie Wackelpudding,
ich habe Angst, dass mir das Haus auf den Kopf fällt
    und mich plattmacht,
ich habe Angst, dass ich vom Blitz erschlagen werde,
ich habe Angst, dass ich ins Meer gespült werde.

Was für eine tolle Idee, hierherzukommen.

Tun ist bloß genau die Sekunde, in der man es tut

Es stinkt so schlimm nach Fisch, dass ich tatsächlich nicht mehr an Cheesy Wotsits denke. Immerhin bin ich sicher vorm Gewitter. Ich zünde ein Streichholz an, und das Licht drängt das Wetter einen Moment zurück. Die Schatten flackern um mich herum wie Fledermäuse, als ich den Fußboden absuche. Es liegen genug modrige Holzstücke und alte Seile herum, um eine Weile ein Feuer in Gang zu halten. Dann geht das Streichholz aus. Ich suche mir im Dunkeln Brennstoff zusammen und verbrenne mir dreimal die Finger dabei. Als ich genug habe, zünde ich mir ein kleines Feuer an.

Eigentlich müsste ich ganz gut Feuer machen können, weil Dad und Finn und ich oft zusammen campen waren. Und um ehrlich zu sein, so gehe ich jetzt auch an die Sache ran: Ich tue so, als ob ich campen wäre und Dad und Finn sind beim Angeln. Ich höre sie schon beinahe, wie sie zurückkommen und mich aufziehen, weil ich so ein schlechtes Feuer gebaut habe.

Es dauert ewig, bis es richtig brennt, weil der Sturm immer durch die löchrigen Wände pfeift und es wieder ausbläst. Ich zittere inzwischen so doll, dass ich schon Angst kriege, irgendwas Wichtiges in mir drin könnte abfallen. Nach ungefähr einer Stunde ist das Feuer so warm, dass meine nassen Kleider anfangen zu dampfen. Über den hellen Flammen wird der Qualm vom Zug bis zur Decke gewirbelt. Ich muss davon ein bisschen husten, aber dann lege ich mich irgendwie auf den sandigen Boden und schaue den Wirbeln zu. Ich hoffe, dass sie sich nicht in Otter oder so was Bescheuertes verwandeln.

Jetzt, wo ich aufgehört habe, merke ich, dass ich die ganze Zeit beim Sachentun gar nicht gegrübelt habe. Draußen hatte ich natürlich Angst und so, aber nur vor dem Gewitter genau in dem Moment. Und als ich jetzt Brennstoff gesammelt und mein kleines Feuer aufgeschichtet habe, ging es bloß darum, meine Klamotten zu trocknen und nicht mehr zu frieren. Etwas so Einfaches zu tun hatte auch ganz einfache Gründe, und das war alles. Tun ist bloß genau die Sekunde, in der man es tut. Danach ist es schon was anderes. Und außerdem muss ich zugeben, irgendwo unter der ganzen Angst und dem Gruseln habe ich auch ein bisschen Spaß. Da ist so eine kribbelige Aufregung. Tut mir leid, wenn ich so was nicht fühlen sollte, aber es ist nun mal da. Man kann doch nichts an seinen Gefühlen ändern. Oder?

Das Kribbeln gehört nicht zum Jetzt, sondern zum Damals, als ich mit Finn hier übernachtet habe. Da hat es sogar auch geregnet, aber nicht so doll.

Worüber wir da so geredet haben

Finn hat gefurzt, man konnte es hören, obwohl sein Batman-Schlafsack den Schall dämpfte. Sogar durch den Wind und den Regen von draußen.

»Vorsicht, tief fliegende Enten!«, rief er.

»War das ein echter?«, fragte ich, obwohl er sich ganz echt anhörte und Finn Furzweltmeister war.

»Klar«, sagte er und versuchte noch einen rauszudrücken.

»Niemals.«

»Wohl.«

»Mit der Hand unterm Arm.«

»Gar nicht«, sagte er, und dann noch: »Du wirst es gleich riechen.«

Dann lachten wir beide ganz viel, bis ich es roch und zu würgen anfing. Es roch wie einer von denen, die der alte Grundy ständig ausklinkte. Als ich fertig war mit Röcheln, habe ich ihn gefragt:

»Glaubst du, dass da draußen wirklich echte Psychos rumrennen?«

Ich hatte an einen Horrorfilm gedacht, den wir bei Bods Geburtstagsparty gesehen hatten, weil es seinen Eltern egal ist, was er guckt.

»Tony Rumsey ist ein Psycho«, sagte Finn. Das stimmte.

»Klar, und alle seine Kumpel auch«, sagte ich. »Aber die Sorte Psychos meine ich nicht.«

»Welche dann?«

»Ich meine, ob es *hier* welche gibt.« Mir war sofort unheimlich, und ich kuschelte mich irgendwie ganz tief in meinen Spiderman-Schlafsack.

»Meinst du, Psychos fahren in Urlaub?«, flüsterte Finn. Ich wusste genau, dass er mich aufzog, weil ihm genauso unheimlich war.

»Klar«, sagte ich.

Dann waren wir eine Zeit lang still und lauschten dem trockenen Regenprasseln.

Schließlich sagte ich, dass ich eigentlich nicht glaube, dass sie in Urlaub fahren. »Machen sie jedenfalls in den Filmen nicht«, erklärte ich.

»Aber Psychos erwischen einen immer an solchen Orten«, krächzte Finn mit heiserer Stimme.

»Das heißt aber, dass sie dich auch erwischen«, sagte ich. »Und was, wenn er bloß hinter mir her ist, weil er mich mit dir verwechselt?«

»Halt den Mund«, sagte Finn.

Danach waren wir beide einen Augenblick still.

Ich dachte drüber nach, was ich wohl zu einem Psycho sagen würde, wenn einer auftauchte. Ich glaube nicht, dass man ihn mit einem Mars und einer Packung Cheesy Wotsits abspeisen könnte.

»Was glaubst du, was für Knabberzeug mögen Psychos wohl?«, flüsterte ich.

Finn war eine Zeit lang still und sagte dann mit knurrender Psychostimme: »Pickled Onion Monster Munch.«

Ich weiß noch, dass er mich später, kurz vorm Einschlafen, gefragt hat, was ich werden will, wenn ich groß bin.

»Bergsteiger«, habe ich gesagt.

Aber als ich ihn dasselbe gefragt habe, kam schon keine Antwort mehr, weil er eingeschlafen war.

Ich döse jetzt auch langsam ein, während draußen Wind und Regen die Welt in Stücke reißen und mich mit ihrem Krach in den Schlaf treiben.

Bumm!

Plötzlich wache ich auf und weiß einen Moment lang nicht, wo ich bin. Das Gewitter ist abgeflaut und bloß noch ein leichtes Regenprasseln auf dem Dach, das Feuer bis auf die Glut heruntergebrannt. Ich schichte es sofort wieder auf und freue mich an der neuen Wärme, als ich mir einbilde, etwas zu hören. Ich lausche so angestrengt, dass mir die Ohren summen, aber aus dem Regen ist nichts zu hören. Dann höre ich es wieder. Als ob jemand draußen direkt vorm Bootshaus herumgeht. Von dem Geräusch muss ich aufgewacht sein. Als mir das klar wird, zittert die Angst in kleinen Wellen durch mich durch.

Wer es auch sein mag, das Feuer zeigt ihm, dass ich hier bin.

Ich überlege, wer wohl bei so einem Wetter mitten in der Nacht unterwegs ist. Das macht die Sache auch nicht besser. Ich hole meine Schweizer Taschenmesser[31] raus und habe die ganzen Horrorgeschichten im Kopf, die wir uns letztes Jahr hier ausgedacht haben. Im Feuerschein sieht das Messer sehr klein aus. Dann wird es eine Minute lang wieder still, und ich habe das unheimliche Gefühl, beobachtet zu werden. Das wäre auch nicht schwer, die Wände haben nämlich mehr Löcher als ein Netzhemd.

Jetzt bin ich ganz sicher, dass ich wen atmen höre.

---

[31] Großvater hat Finn und mir jedem eins zum Geburtstag geschenkt.

Bei dem Gedanken macht mein Hintern mit Lichtgeschwindigkeit Zehn Pence / Fünf Pence. Ich habe noch mehr Schiss als damals, als Bobby Thompson mir den Kopf in die Kloschüssel stecken wollte. Und es war noch nicht mal gespült! Finn hat mich gerettet, indem er ihn mit aller Kraft gegens Schienbein getreten hat. Und dann sind wir beide auf ihn los und haben *ihm* den Kopf ins Klo gesteckt.

Ich muss mich sehr anstrengen, nicht (heimlich) zu lachen und mit den Schultern zu wackeln, aber dann fängt es wieder an. Die Geräusche bewegen sich am Bootshaus entlang nach vorn. Ich stehe auf und schleiche zum Eingang. Ich suche nach irgendwas, was ich davorstellen könnte, damit der Schleicher nicht reinkommt. Ich stolpere über ein Seil und schlage lang hin. Noch schlimmer: ich verliere mein Taschenmesser. Ich taste danach, und dabei fällt mir ein, dass die Tür nach außen aufgeht, schließlich ist es ein Bootshaus. Inzwischen habe ich bloß noch Horrorgeschichten im Kopf, und ich bin darin immer die Hauptperson, der irgendwas Schlimmes zustößt. Ich habe solche Angst, dass ich zittere wie Donut, wenn er zum Tierarzt muss. Das hört auch nicht auf, als ich mein Schweizer Messer wiederfinde. Ich krieche zur Tür und halte das Ohr dagegen.

Plötzlich klopft es ganz laut dagegen. Bumm! Bumm! Die Tür klappert in ihren rostigen Angeln, ich springe zurück und lande beinahe im Feuer. Ich bin total erstarrt, nur mein Herz schlägt wie verrückt. Auf einmal habe ich ungefähr einen Liter Spucke im Mund.

Dann geht die Tür langsam auf.

Im Türrahmen steht ein Mann. Sein Gesicht kann ich nicht sehen, weil er eine Windjacke an- und die Kapuze aufgesetzt hat. Er hält eine alte Lampe hoch. Hinter ihm rauscht der Regen runter wie ein Duschvorhang. Der Mann ist ganz nass und glänzt, als ob er aus dem Sturmwetter gemacht ist. Eine Minute lang passiert gar nichts, wir starren uns bloß gegenseitig an.

»Alles in Ordnung bei dir?«, fragt der Mann.

Ich bin so nervös, dass ich furze.

»Ich nehme an, das heißt Ja«, sagt er, und dann macht er einfach die Tür zu.

ZWEITER TEIL

TUN

Pinkeln

Ich wache schließlich auf, weil ich ganz dringend pinkeln muss. Kaum habe ich die Augen auf, sehe ich eine Spinne, die mich von einem Holzscheit aus anguckt. Eigentlich habe ich nichts gegen Spinnen, aber die hier ist so riesig, dass sie womöglich mit meinen Turnschuhen abhaut, wenn ich nicht aufpasse.

Ich denke an den Gewittermann und frage mich, was er wohl gedacht hat, als ich vor Angst einen fahren lassen habe. Dann sehe ich sie: Millionen Lichtstrahlen laufen kreuz und quer durch die Dunkelheit. Das Licht muss durch winzig kleine Löcher in den Wänden und der Decke kommen. Ich schaue nach meinen Sachen, sie sind alle trocken, außer den Socken und einem Turnschuh. Auf meinem Kapuzenpulli sind lauter Salzflecken an den Armen, wo ich in den Meerwassertümpel geklatscht bin. Der Stoff riecht irgendwie nach Chemie. Als ich die Tür aufdrücke, blendet mich ein Riesenschwall Morgenlicht. Ich muss ewig blinzeln, bis ich wieder klar sehe.

Vom Meer, das ungefähr zehn Meter weg ist, kommt eine leichte Brise. Ich lege meinen nassen Turnschuh und die Socken zum Trocknen in die Sonne und gehe dann den Strand erkunden.

Der Sturm hat alle möglichen Sachen auf den Strand geschleudert. Zu meinem Glück jede Menge Holz, außerdem eine rote Schuppentür, noch mit Scharnieren dran. Dann noch ein Schild »Durchfahrt verboten«, die untere Hälfte von einem Schaukelpferd und eine Klobrille. Überall liegen so runde Dinger, die aussehen wie Frisbees aus Gummi, aber es sind bloß platte Quallen. Man sieht sogar noch ein paar von meinen Fußspuren, wo ich gestern Abend über den Strand gelaufen bin. Ich schaue zu, wie die Flut steigt, und kann mir kaum vorstellen, dass ich gestern da auf dem Sand gelaufen bin, wo jetzt Fische schwimmen. Ich klettere über die angeschwemmten Sachen und gehe zum Wasser. Ich schaue zum Festland, das ungefähr fünfzehn Meter weg ist, und frage mich, ob da wohl auch noch Fußspuren sind. Alles kommt mir gleichzeitig so dicht dran und so weit weg vor. Ich gucke nach oben und halte die Hand vor die Sonne, und der blaue Himmel ist voll mit fernen Wolken, die der Wind in verschiedene Formen zerrt.

Ich krempele meine Hosenbeine hoch und lasse mich und meine tauben Füße vom kalten Meerwasser schocken. Meine Füße versinken im groben, nassen Sand, ich drücke ihn zwischen meine Zehen. Dann pinkle ich. Im Meer stehen und reinpinkeln gehört zu den tollsten Sachen, die man überhaupt machen kann. Aber mittendrin fällt mir plötzlich ein, wie ich mit Finn drüben bei den Felsen gepinkelt habe. Als ich mich daran erinnere, kommt es mir beinahe vor, als ob er neben mir steht und wir mit den dampfenden Strahlen Schwertkampf machen. Dieses Gefühl von Nähe ist gar nicht schlecht. Ehrlich gesagt bin ich sogar ganz froh drüber.

Dad hat uns geraten, wir sollten mal versuchen ins Meer zu pinkeln. Und als wir merkten, dass er uns nicht aufziehen wollte, haben wir es auch gleich getan. Er hat auch gesagt, wir sollten es so oft wie möglich tun, bevor wir dreizehn werden. Er meinte, danach wäre es nicht mehr das Gleiche, und außerdem würden einem die Leute weniger durchgehen lassen, wenn man älter wird.

Hat nichts mit mir zu tun

Als ich fertig gepinkelt habe, gehe ich zu einem großen Stein und setze mich eine Zeit lang drauf. Die Möwen rufen einander zu, als ob sie nach irgendwas Lustigem suchen, worüber sie lachen können, aber ich bin es heute nicht.

Und als ich hier so sitze und nichts tue als einatmen und ausatmen, wird alles in mir drin leiser und rückt in den Hintergrund. Es geht nicht weg. Ich weiß, es wird nie weggehen. Es kommt mir bloß so vor, als ob die Lautstärke mal runtergedreht wird oder ich Frühstückspause habe oder so was. Ich denke ein bisschen an meine Eltern und meine Schwester, und ein bisschen fühlt es sich an, als ob sie hier bei mir wären. Und wie ich den Backstein mit den drei Löchern beim alten Grundy ins Fenster geschmissen und seinen blöden ausgestopften Otter plattgemacht habe – das hat alles nichts mit mir zu tun. Es fühlt sich an, als ob es jemand anders gemacht und mir hinterher bloß erzählt hat.

Die letzte große Sache, die wir alle zusammen gemacht haben

(Erster Teil)

Ich gehe wieder runter zum Wasser. Ich gucke einfach nur aufs Meer und reibe mir den Sand zwischen die Zehen. Dann hocke ich mich hin und stecke die Hände in den Sand. Oben ist er warm, aber untendrunter kalt. Als ich die ganzen winzig kleinen Sandkörner zwischen den Fingern spüre, springt mich alles plötzlich wieder an.

Das hier ist nämlich genau die Stelle, wo wir letztes Jahr am letzten Urlaubstag die Sandburg gebaut haben. Als mir klarwird, dass die Sandburg die letzte große Sache war, die wir alle zusammen gemacht haben, wird mir eine Sekunde ganz leicht.

Eine schrottige Sandburg.

Aber eine richtig große schrottige Sandburg.

Wir waren echt froh, mal rauszukönnen, der Urlaub war nämlich von der Sorte, die Mum immer Regenjackenferien nennt. Wir wurden die ganze Zeit rumkutschiert und mussten ins Museum, alles Mögliche lernen, weil es einfach nicht zu regnen aufhörte. Es war fast so schlimm wie Schule.

Aber auf einmal hörte es doch auf, und wir rannten sofort alle zum Strand runter mit unseren Eimern und Schaufeln und aufblasbaren Sachen, bevor es sich das Wetter wieder anders überlegte.

Es dauerte nicht mal eine Minute, und wir hatten das Gefühl, der Strand gehört uns, hat schon immer uns gehört, wird immer uns gehören. Dahinten legten Mum und Dad sich sofort ins Strandzelt und fingen an zu lesen. Donut rannte ständig runter zum Wasser und bellte das Meer an, dann rannte er wieder rauf und hechelte im Schatten. Finn und ich waren drüben bei den Steinen und bewachten Angela. Sie war genau da, wo ich jetzt stehe, in ihrem verrückten rotweiß gepunkteten Badeanzug und ihrer braunen Affenmütze. Finn und ich machten Schwertkampf mit Pinkelstrahlen, weil es langweilig wurde, wie Angela die ganze Zeit Muscheln aus ihrem blauen Plastikeimer auf die kleine Sandburg drückte, die sie gebaut hatte.

»Du kennst doch Flieger-Kevin«, sagte Finn.

»Klar. Was ist mit ihm?«, fragte ich.

»Der sieht aus wie eine große blöde Hüpfburg.«

Wir fingen beide an zu lachen, weil das so albern war. Aber eigentlich lachten wir über was anderes, was Flieger-Kevin uns gefragt hatte, bevor wir in Urlaub fuhren. Bod hatte ihn dazu gebracht, uns zu fragen, ob unsere Schniedel auch genau gleich wären.

Wie bescheuert ist das denn?

Wir haben jedenfalls geantwortet, Nein, wir haben bloß einen Schniedel, den wir uns teilen müssen. Und wenn einer muss, aber grade nicht dran ist, dann muss er eben warten, auch wenn es ganz dringend ist.

Das Schlimmste war, dass er es beinahe geglaubt hat. Das konnte man sehen. Und darüber lachten wir jetzt.

Dann haben wir aufgehört zu reden, weil ich auf Finns Fuß gepinkelt habe und er auf meinen.

Dann pinkelten wir uns beide gegenseitig an, aber nicht mehr lange, weil wir beide fertig waren.

Dann sagte Finn:

»Komm, wir helfen ihr eine Burg bauen«, und dann rannte er los, bevor ich was sagen konnte, weil er wusste, ich würde mitkommen.

Also rannte ich hinterher.

Die letzte große Sache, die wir alle zusammen gemacht haben

(Zweiter Teil)

Die Sandburg war eher ein Sandklumpen mit ein paar Muschelschalen drauf, weil ein kleines Mädchen wie Angela es nicht besser hinkriegte.

Finn tat schon so, als ob sie ganz toll wäre, als ich dazukam, also tat ich auch so. Angela wusste bestimmt genau, dass sie Schrott war; als wir nämlich immer weitersagten, wie toll sie ist, guckte sie uns ganz böse an, damit wir aufhören. Sie ist echt schlau, obwohl sie nicht hören kann. Ich machte Gebärden, dass wir ihr helfen wollten, und Finn auch.

Angela guckte uns einen Augenblick ganz ernst an und machte dann *Haut ab*.

Sie hat bestimmt gedacht, wir würden sie immer noch aufziehen. Haben wir auch, aber nur ein ganz klein bisschen, vielleicht zehn Prozent oder so.

Sie wird riesengroß, sagte ich, und Finn sagte, *Wenn wir sie zusammen bauen.*

Angela dachte noch ein bisschen drüber nach und meinte dann:

Aber es bleibt trotzdem meine Sandburg.

Finn und ich nickten, also nickte sie auch.

Als Erstes buddelten wir einen großen Graben im Kreis, so tief, bis der Sand nass wurde. Wir gruben mit den Händen aufeinander zu, Angela wollte uns nämlich nicht ihre

Schaufel geben, weil wir sie aufgezogen hatten. Donut kam wieder runtergelaufen, um das Meer anzubellen, aber als er uns sah, fing er auch an, ein Loch zu graben. Das war keine große Hilfe, weil er uns bloß mit nassem Sand eindeckte. Es störte uns nicht besonders, er braucht nämlich Bewegung. Er ist auf Diät, seit er kastriert wurde.

Donut war zwar ganz schön dämlich, weil er dauernd überall mit dem Kopf dagegenrannte, aber er brachte uns trotzdem auf eine gute Idee. Wir stellten uns in den Kreis, den wir gegraben hatten, und buddelten wie er rückwärts durch die Beine den Sand in die Mitte. Angela lachte sich tot, weil wir so bescheuert aussahen. Als sie fertig gelacht hatte, ging sie wieder los, mit ihrem blauen Eimer Muscheln sammeln.

Nach ein paar Minuten musste Dad runterkommen, weil Finn und ich uns mit nassem Sand beschmissen. Und dann schmissen wir zusammen auf Donut, der damit angefangen hatte.

»Schluss damit, ihr beiden«, sagte Dad.

Ich sagte, »Danny hat angefangen.«

Und er sagte, »Nein, Finn hat angefangen.«

Dad starrte uns eine Sekunde gelangweilt an und sagte dann, »Mir egal, wer angefangen hat, ich habe nämlich gerade Schluss gemacht.«

Er hörte sich an, als ob seine Laune leicht umschlagen könnte, also hörten wir auf.

»Ihr werdet euch noch gegenseitig die Augen auswerfen, wenn ihr so weitermacht«, rief Mum aus dem Strandzelt.

»Und während ihr Trottel euch gegenseitig blind macht, sehe ich von hier, dass Angela zu dicht am Wasser spielt.«

So ist sie manchmal.

Dad ging los, Angela retten, und wir schaufelten weiter Sand.

Die letzte große Sache, die wir alle zusammen gemacht haben
(Dritter Teil)

Als Dad zurückkam, kniete er sich einfach hin und fing auch an zu buddeln. Seine Riesenhände sahen aus wie die von Großvater. Ich guckte ihnen gerne zu. Ich merkte, dass Finn das Gleiche dachte wie ich. Die Hände sahen aus wie die Schaufeln von einem großen Dad-Bagger, mit dem wir nicht mithalten konnten. Ich wollte auch gern solche Hände haben, wenn ich groß war, aber keine Glatze.

Dann nickte Finn und fing an zu grinsen. Dads großer Glatzkopf wurde in der Sonne knallrot wie eine Ampel. Wir lachten (heimlich) beide ein bisschen und wackelten mit den Schultern.

»Haarausfall ist genetisch, müsst ihr wissen«, sagte Dad, ohne hochzugucken.

»Macht nichts, Dad, wir wissen nicht, was das heißt«, sagte Finn.

Dad fing auch an zu grinsen und sagte:

»Das werdet ihr schon rausfinden.«

Wir arbeiteten fast den ganzen Tag an der Sandburg. Sogar Mum half mit. Sie kam mit Angela runter, und die beiden verzierten die Burg ewig lang mit den Muscheln, die sie zusammen gesammelt hatten. Danach waren immer noch welche übrig, deshalb schrieben wir mit Angela zusammen ihren Namen in den Sand. Sie grinste so breit, dass ich Angst hatte, die obere Kopfhälfte fällt ab.

Die Sonne ging unter, und die Sandburg warf einen riesig langen Schatten. Wir guckten uns die ganze Zeit danach um, obwohl wir wussten, dass sie nicht besonders toll war und man keinen Preis damit gewinnen konnte, höchstens einen für große Schrottburgen. Oben war sie total wacklig, und unten war der Burggraben schon halb von der Flut weggespült. Aber das war uns echt egal, weil es so einen Spaß gemacht hatte, sie zu bauen.

Und jetzt gucke ich den Sand in meinen Händen an und denke, Ist der wohl von der Sandburg, oder die Körner hier? Obwohl ich weiß, dass man das unmöglich wissen kann. Dann reiße ich mich los und stehe auf. Ich wische mir den Sand ab, und dabei steigt so eine große Blase Alleinsein und Verlassensein in mir hoch. Mir wird ein bisschen schlecht davon.

Die Sandburg kommt nicht zurück, und wenn ich ewig danach suche. Außerdem gehört das alles zum Vorher. Und wenn ich drüber nachgrübele, vermisse ich es bloß noch mehr.

Es kommt nicht wieder.

Nichts davon.

Niemals.

Zu tun

Als ich wieder zum Bootshaus zurückgehe, schießen mir all die Sachen durch den Kopf, die noch zu tun sind. Dass ich zum Beispiel Hunger habe und Wasser brauche und dass fast keine Streichhölzer mehr übrig sind. Das verdrängt alle Gedanken an Sandburgen und ans Vermissen. Dann merke ich, dass die Bootshaustür zu ist.

Obwohl ich genau weiß, dass ich sie offen gelassen habe.

Beim Näherkommen werden mir die Knie ein bisschen weich, und ich merke, das ist ein V.-H.-M. Ich sehe zwar niemanden herumlungern, aber das muss ja nichts heißen. Sie könnten sich auch verstecken. Als Nächstes überlege ich, wer *sie* wohl sind. Könnte die Polizei sein, aber wohl eher der Gewittermann. Vielleicht ist er zurückgekommen? Und wenn er sich jetzt im Bootshaus versteckt? In *seinem* Bootshaus? Und nur drauf wartet, mich zu erwischen? Ich bleibe hinter einem Felsen voller Seetang hocken. Ich muss überlegen, was ich jetzt mache.

Das Bootshaus ist der einzige Unterschlupf auf der Insel, den ich kenne. Ich überlege, wieder zurück aufs Festland zu gehen und auf dem Hügel nach einem leeren Ferienhaus zu suchen. Aber erstens ist Flut, und zweitens möchte ich nach Scheibeneinschmeißen und Otterplattmachen nicht auch noch einen Einbruch begehen. Dann fällt mir ein, dass alle meine Sachen im Bootshaus liegen, und ich komme mir echt blöd vor, weil ich barfuß rumrenne. Außerdem habe ich das Gefühl, ich werde beobachtet.

Ich beschließe, mich durch die Bäume von hinten ans Bootshaus anzuschleichen. Ich muss nachsehen, ob es nicht vielleicht doch der Wind war, der die Tür zugeworfen hat.

Es dauert ewig, bis ich bei den Bäumen bin, weil ich über ein paar spitze Felsen kraxeln muss. Ich komme zur Rückseite des Bootshauses und gehe an der Wand lang, wo gestern Nacht der Gewittermann mit seiner alten Lampe herumgeschlichen ist. An der Ecke bleibe ich ein paar Sekunden stehen und lausche. Ich bin schon fast überzeugt, dass es doch der Wind war, als ich die Spitze eines Turnschuhs sehe. Ich werde ganz steif, nur mein Magen hüpft wie verrückt und mein Herz fängt an zu rasen. Dann merke ich, dass es meiner ist. Zehn Minuten lang lache ich still in mich rein, Zisch, zisch, zisch, und wackele mit den Schultern, bis es mir zu blöd wird. Also komme ich hinter der Ecke hervor – wenn mich jemand fangen will, dann ergebe ich mich.

Aber es ist keiner da.

Es ist keiner da, aber der Wind war es auch nicht, der die Tür zugeschlagen hat. Meine Turnschuhe stehen nebeneinander. Genau so, wie meine Eltern sie zusammenstellen würden, wenn sie unser Zimmer aufgeräumt haben. Dann merke ich noch was anderes.

Tun (1)

Jemand hat einen zusammengerollten Schlafsack neben die Turnschuhe in den Sand gelegt. Ich gehe langsam darauf zu und rechne beinahe damit, dass ein Polizist darunter hervorspringt, der einen Tunnel hier reingegraben hat. Ein bisschen durchgedreht, ich weiß, aber so fühle ich mich im Moment eben. Auf dem Schlafsack sind Millionen winzig kleiner Flecken. Zuerst denke ich, das ist ein albernes Muster, aber in Wirklichkeit sind es jede Menge verschiedene Farbspritzer und Kleckse. Ich fasse den Schlafsack an, und es geht keine Alarmglocke los, kein Polizist springt raus, und auch der Gewittermann kommt nicht in seiner klitschnassen Windjacke aus dem Bootshaus gerannt. Um ehrlich zu sein, bin ich nach dem ganzen Anschleichen und Lauschen und Füßezerkratzen ein bisschen enttäuscht.

Unter dem bekleckstesten Schlafsack entdecke ich eine große Flasche Wasser, eine kleine Taschenlampe, zwei Müsliriegel[32], einen Apfel und eine Tüte Chips[33]. Auch auf der Wasserflasche und der Taschenlampe sind überall kleine Farbspritzer. Ich mache die Bootshaustür auf und gucke rein. Ich bin immer noch vorsichtig, aber jetzt ist es eher wie ein Spiel. Die Sonne malt ein großes gelbes Rechteck auf den dunklen Boden. Alles voller schwebender Staubkörner

---

[32] Eigentlich mag ich keine Müsliriegel.
[33] Leider keine Cheesy Wotsits.

und baumelnder Spinnweben. Der Fußboden liegt immer noch voll mit Holz und Seilenden. Über meinem kleinen Feuer hängt noch eine ganz kleine weiße Rauchfahne, die ein bisschen traurig und verlassen aussieht.

Ich beschließe aufzuräumen.

Es dauert ewig, den Fußboden sauber zu kriegen, und am Ende bin ich total verschwitzt. Ich stapele das Holz am hinteren Ende des Bootshauses auf und schleife die Seile nach draußen. Dann baue ich das Feuer dichter an der Tür wieder auf und lege einen Kreis aus Steinen drum herum. Zwischen der Tür und dem Feuer rolle ich den beklecksten Schlafsack aus. Den Apfel, die Wasserflasche, die Chips, die Müsliriegel und die Taschenlampe lege ich auf einen Querbalken an der Wand. Zum Schluss sammele ich draußen eine Menge Stöcke und Zweige und schichte ein Feuer auf, stecke es aber nicht an. Ich hoffe, dass sie trotz der Feuchtigkeit nicht allzu sehr qualmen. Die Spinnweben lasse ich in Ruhe, weil ich nicht will, dass mir irgendwas auf den Kopf fällt, was mehr Beine hat als ich.

Deshalb renne ich zwar die ganze Zeit gebückt rum, aber im Großen und Ganzen ist mein Unterschlupf ganz okay. Der Boden ist aus weichem, pulverigem Sand. Ich setze mich auf den Schlafsack und freue mich über mein Werk. Wenn Mum das sehen könnte, müsste sie sich wahrscheinlich erst mal hinlegen. Dann packe ich meine Tasche aus.

Darin finde ich:

1. *zwei T-Shirts*
2. *zwei Unterhosen*
3. *etwas Klopapier*[34]
4. Huckleberry Finn
5. *meine letzten Streichhölzer*[35]
6. *Zahnpasta und Zahnbürste*
7. *meine Regenjacke*[36]

Leider weit und breit nicht ein einziger Cheesy Wotsit.
Einen Moment denke ich an Tom Thumb, aber irgendwie
gehört der nicht hierher. Ich habe das Gefühl, ich stecke
in lauter kleinen Stückchen »Tun«. Nicht darin verwickelt
oder so, eher wie Finger in einem Handschuh. Und es
scheint mir gerade richtig, nur ein ganz klein bisschen über
Sachen nachzudenken. Also höre ich an dieser Stelle damit
auf.

[34] Man weiß ja nie.
[35] Genau vier.
[36] Hatte ich ganz vergessen.

Flüsterleise

Ich sitze auf einem Felsen, der wie ein großer Zeh aussieht, und lasse mich von der Sonne wärmen. Ich erwische mich dauernd dabei, wie ich nach der Otterfamilie Ausschau halte. Das ist ganz schön albern, weil sie wahrscheinlich längst nicht mehr da sind. Seeotter sind anders als Fischotter. Zum Beispiel sind sie nicht nachtaktiv und müssen nicht die ganze Zeit heimlich rumschleichen. Fischotter kriegt man kaum zu sehen, obwohl sie meist an derselben Stelle bleiben, wo ihnen der Fluss gefällt. Das kommt wohl, weil die Leute sie früher zum Anziehen genommen oder ausgestopft haben oder so. Dafür musste der Otter natürlich erst mal tot sein. Also haben sie wahrscheinlich wie die Dachse rausgefunden, dass es nachts sicherer ist, weil man da nicht so viele Menschen trifft.

Fischotter sind flüsterleise, aber Seeotter sind total dickfellig. Sie haben nämlich nicht so viele Feinde. Und wenn sie abhauen, wissen sie auch, wohin. Gar nicht so übel. Ich meine, egal, wie schlimm es kommt, man kann sich immer mit seiner kleinen Otterfamilie davonmachen.

Ich gucke eine Zeit lang den Wellen zu, wie sie auf den Sand schäumen und blubbern, weil es mich beruhigt. Ich gucke hoch und sehe, dass das Festland jetzt eher braun als grün aussieht und noch weiter weg ist als vorher.

Macht mir nichts aus.

Flitschen

Das Gute am Steineflitschen ist, dass man nicht drüber nachdenken muss, wenn man nicht will. Es ist ganz leicht, einfach darin zu versinken. Man braucht gar keine Worte dazu. Und das ist genau das, was ich jetzt will.

Ich sammle also Flitschsteine und denke plötzlich an die Chinesische Mauer. Das ist nämlich das einzige menschliche Bauwerk, das man vom Weltraum aus sehen kann. Und weil heute anscheinend ein Steinetag ist, kriege ich langsam das Gefühl, ich müsste irgendwas aus Steinen hinterlassen. Damit man sieht, dass ich in diesem Augenblick hier gewesen bin.

Ich lasse eine Weile Steine flitschen[37] und denke drüber nach, was ich wohl bauen könnte. Es muss was Gutes sein, aber im Moment kann ich bloß ans Flitschen denken. Es muss aber was richtig Gutes werden, denn auf einmal *will* ich es nicht mehr bloß, sondern ich *muss* es machen. Aber ich beschließe auch sofort, dass man es nicht aus dem Weltraum sehen muss. Es reicht, wenn ich es sehen kann.

[37] Mein bester Wurf sind sechs Hüpfer vorm Reinploppen.

Große Steine

Aber anscheinend liegen hier nicht viele große Steine rum. Es ist nicht die Sorte Strand. Als ich dann in Richtung der Bäume suche, habe ich Glück. Tausende kaputter alter Backsteine liegen da überall rum. Daraus könnte Dad hundert wackelige Schuppen bauen, wenn er wollte. Manche haben sogar drei Löcher. Darüber muss ich ein bisschen lachen, obwohl ich auch leicht enttäuscht bin. Ich hatte eigentlich an richtige Steine gedacht, nicht an Backsteine. Aber ich schätze, das spielt keine Rolle.

Tun (2)

Nachdem ich meine Wasserflasche geholt habe, schichte ich die Backsteine auf einen großen Haufen, wo ich sie gefunden habe. Ungefähr alle fünfzig Steine gönne ich mir einen Schluck Wasser. Als ich um die fünfhundert Steine aufgestapelt habe, fange ich einen neuen Haufen an, auf halber Strecke zu der Stelle, die ich mir ausgesucht habe. Ich trage immer vier Backsteine aufeinander, drei waren nämlich zu wenig und mit fünfen bin ich gestolpert und auf den Kopf gefallen.

Das dauert mindestens zwei Stunden, und am Ende bin ich total k. o. Ich beschließe, erst mal aufzuhören, als ich mir zwei Fingernägel zwischen den Backsteinen zerquetsche. Ich setze mich auf den Haufen und trinke einen großen Schluck Wasser. Die Flasche ist noch ungefähr halb voll. Ich muss ein bisschen lachen, als ich durch die Flasche aufs Meer gucke und merke, dass überall Farbspritzer drauf sind. Mein T-Shirt ist total verdreckt und durchgeschwitzt. Dann sehe ich, dass auf meinem Bauch mehr rote Streifen sind als auf manchen Fußballtrikots. Meine Arme sind auch ganz zerkratzt und zerschrammt. Meine Augen brennen, mein ganzer Körper fühlt sich zugleich körnig und glitschig an. Ich bin so tief ins Steineschleppen eingetaucht, dass alles andere irgendwie verschwommen ist. Ich schaue meine Hände an und zähle fünf Blasen, sechs kleine Kratzer und einen größeren Riss, von dem meine Finger blutig sind. Ich erinnere mich undeutlich, dass Opa Joe mir mal erzählt hat, manche Arbeiter würden auf ihre Hände pinkeln, um sie hart zu machen. Ich glaube, Blasen sind mir lieber.

Plopp

Ich beschließe, schwimmen zu gehen und mich hinterher mit meinem Kapuzenpulli abzutrocknen. Auf dem Weg zum Wasser sehe ich, dass die Sonne bald untergeht. Ich habe also den ganzen Nachmittag Steine geschleppt. Außerdem fange ich an zu zittern, weil der Schweiß auf meiner Haut trocknet. Meine Hände sind wie Blei. Das Wasser ist eiskalt, mein Kopf wird davon irgendwie taub und fühlt sich weit weg an. Ich gehe zum Bootshaus zurück, um was zu essen und vielleicht mein Feuer anzumachen, ich bibbere nämlich vor Kälte und brauche ein trockenes T-Shirt.

Ich schleife den beklecksten Schlafsack zum Eingang. Ich bin so müde, dass ich bloß noch den Sonnenuntergang angucken kann. Die Flut ist wieder reingesickert, ein breiter schwarzer Graben zwischen mir und dem Festland. Eine Zeit lang bin ich einfach ein ängstlicher kleiner Junge, der nicht weiß, was er jetzt tun soll. Die Panik fängt an, in mir zu blubbern. Ich denke, hier zu sein ist meine Art, gegen einen Zaun zu treten, hinter dem ein großer Hund sitzt. Dann leuchten die Sterne auf, und ich kann gar nicht fassen, wie hell sie sind. Der Wind hat die Wolken weggewischt. Die Sterne kommen mir ganz nah vor.

Die Panik fließt aus mir raus, und mein Kopf wird leer und klar. Ich ziehe mir den beklecksten Schlafsack bis unters Kinn. Auf einmal bin ich ganz und gar froh, hier zu sein, in diesem alten Schlafsack zu bibbern. Ich weiß, ich kann darin verschwinden, wie im Steineflitschen oder Steinestapeln. Und wenn ich ganz darin verschwinde, müsste ich mich nie wieder an irgendwas erinnern. Ich könnte einfach hier in dem alten Schlafsack bibbern, weil alles egal wäre. Innen drin bin ich nämlich ich und nicht er. Ich könnte seinen Platz einnehmen. Und dann wäre weiter alles okay, er wüsste nämlich, wie man Dad dazu bringt, mit dem Zählen aufzuhören, und Mum mit ihren Sorgen, wie eine gute Mutter sein muss, und er würde Angela immer im letzten Moment unter allem wegziehen, was sie plattmachen könnte. Und das würde alles immer weiter passieren, weil ich bibbernd in diesem beklecksten alten Schlafsack sitze und für immer von den Sternen träume.

Diese ganzen verrückten Gedanken flitschen und ploppen mir durch den Kopf. Sachen, die übers Wasser flitschen, sehen immer so aus, als ob sie genau wüssten, wo sie hinwollen, bis sie auf einmal reinploppen.

Noch mal zisch, zisch, zisch

Jetzt weiß ich, dass ich schlafe, weil Dad mit mir redet. Seine Stimme kommt über die Bucht getrieben, klingt aber auch ganz nah und warm. Er zählt die Sterne mit dem Finger. Aber das ist okay, weil es nicht sein panisches Zählen ist. Sondern es ist wie vorher, und er und Finn und ich liegen zusammen am Strand. Dad lässt uns auch mit dem Finger Sterne zählen, damit wir sehen, wie unmöglich es ist. Dann erklärt er, was alles für Sachen passieren mussten und immer noch passieren, damit wir jetzt so was Einfaches machen können wie Sterne mit dem Finger zählen. Er fängt mit der Entstehung des Universums an und hört damit auf, wie er Mum kennengelernt hat. Es kommt mir vor wie eine riesige Menge Sachen. Dann frage ich ihn, ob das hier vor der Sache mit Finn ist oder nachher, und er sagt, es ist nachher. Er meint, er hat keine Lust mehr, so zu tun als ob. Ich frage ihn, was mit Finn passiert ist, und er sagt, wir hätten ihn aus Versehen auf dem Bahnhof vergessen. Finn fängt an, zisch, zisch, zisch zu lachen, und ich merke auch, wieso: Dads Glatzkopf sieht wie der Mond aus. Ich lache also mit. Obwohl wir Dad nichts verraten, habe ich das Gefühl, er weiß Bescheid.

Die Sonne weckt mich. Das Bootshaus sieht genauso aus wie gestern Abend, außer einer frischen Wasserflasche, die noch nicht da war. Außerdem steht da ein zugedeckter Teller, der nach Curry riecht, und darunter steckt ein Zettel, der wie ein Vogelflügel im Wind flattert. Auf dem Zettel sind ein paar Farbkleckse, und da steht:

Komm vorbei und sag Guten Tag

Ich bin so hungrig, dass ich das Currygericht kalt mit den Fingern esse. Ich denke nicht eine Sekunde drüber nach, ob es vergiftet ist. Darüber bin ich ganz froh, weil das bedeutet, dass ich nicht mehr so durchgedreht bin wie die letzten Wochen. Nach Finn habe ich eine Zeit lang nicht bloß mit dem Reden, sondern auch mit dem Essen aufgehört. Um ehrlich zu sein, hatte ich den Verdacht, dass alle mich vergiften wollten. Als ich hier jetzt mit Currysoße an den Fingern im Sand sitze, kann ich kaum fassen, wie bescheuert das war. Als ich fertig bin, sehe ich den Löffel, der danebenliegt.

Ich wasche mir im Meer die Hände. Dann fange ich fast sofort wieder an, Backsteine zu schleppen. Diesmal lasse ich mir etwas mehr Zeit und nehme nur drei Steine auf einmal. Außerdem wickele ich sie in meinen Kapuzenpulli, damit ich mir nicht noch mehr den Bauch zerkratze oder die Finger klemme. Ich mache mir immer noch keine Gedanken, was aus den ganzen Backsteinen werden soll, wenn ich fertig bin mit Schleppen. Um ehrlich zu sein, weiß ich nicht mal, wann ich genug aufgeschichtet habe. Ich weiß bloß, ich muss weiterstapeln, egal was passiert.

Als ich meine Arbeit für den Vormittag erledigt habe, springe ich zum Saubermachen wieder ins Meer. Ich bleibe nicht lange drin, weil ich Angst habe, ein Fisch könnte mir am Schniedel knabbern, außerdem ist das Wasser eiskalt. Dann wasche ich meinen Kapuzenpulli und breite ihn zum Trocknen auf einem Felsen aus. Ich hoffe, es fängt nicht an zu regnen oder die Möwen nehmen ihn als Zielscheibe.

Als Letztes wasche ich die Schüssel vom Gewittermann aus, auch den Löffel (obwohl ich ihn gar nicht benutzt habe). Dann klemme ich mir beides und die leere Wasserflasche unter den Arm. Ich habe beschlossen alles zurückzubringen.

Der Gewittermann

Seine Behausung ist nicht schwer zu finden: ich folge einfach dem Geruch von Holzfeuer und Curry. Ich entdecke eine dünne, gekräuselte Rauchfahne über den Bäumen hinterm Bootshaus, auf der anderen Seite der Insel, zum offenen Meer hin. Außerdem höre ich Musik. Ich erkenne sie, weil meine Eltern sie auch sehr oft hören: Bob Marley. Ich finde ihn ganz okay, aber Finn kann ihn nicht ausstehen. Ich glaube, Angela ist er egal. Die Musik wummert also durch die Bäume, als ob mich jemand ruft. Ich werde ein bisschen nervös bei dem Gedanken, ihn zu treffen. Ich weiß ja nicht mal, wie er aussieht, oder wieso er mir das ganze Zeug gegeben hat, oder wieso er mich nicht schon längst von seiner Insel gejagt hat. Obwohl, wenn er das wollte, hätte er mir bestimmt keinen Schlafsack oder Essen und Trinken hingestellt. Die vielen Gedanken machen mich ganz verwirrt und schreckhaft, also versuche ich an was anderes zu denken.

Aber ich kann nicht.

Der Weg ist mühsam, weil die Bäume so dicht stehen und es steil bergauf geht. Aber auf der anderen Seite wieder bergab ist es leichter. Sein Lager liegt in einer Senke, wo es vom Hügel wie in ein tiefes Loch runtergeht. Ich kann das offene Meer sehen, aber der Wind wird von den Bäumen abgehalten. Es sieht ein bisschen aus wie ein Campingplatz, aber überall stehen verschieden große Blumentöpfe herum, so eine Art Zaun um seinen Bereich. Alles ist voll mit Farbspritzern. Überall liegt krummes Treibholz herum. Die Musik kommt aus einem leuchtend orangen VW-Campingbus. Den muss er bei Ebbe rübergefahren haben. Vor die offene Schiebetür ist ein grünes Zeltdach gebaut, unter dem ein Tisch und zwei Stühle stehen. Daneben kokelt das Feuer. Ich gehe auf die Musik zu und entdecke einen kleinen Bach, neben dem ein Trampelpfad rechts am Campingbus vorbei in Richtung Meeresrauschen führt.

Kein Mensch zu sehen.

Ich überlege, ob ich rufen soll, aber das kommt mir falsch vor. Ich habe das Gefühl, ich bringe seine Sachen nicht zurück, sondern klaue sie. Ich stelle sie auf den Tisch und höre, dass jemand auf dem Pfad hinterm Campingbus näher kommt, vom Meeresrauschen weg und auf mich zu. Ich muss mich dauernd daran erinnern, dass ich nichts verbrochen habe und deshalb auch nicht wegzurennen brauche. Wenn man sich das Weglaufen erst mal angewöhnt hat, kommt man nicht mehr so leicht davon los.

Jedenfalls ist er es.

Er kommt den Weg lang und pfeift Bob Marley. Er ist groß, geht aber ein bisschen gebückt, weil er ein klotziges Stück Treibholz auf der Schulter trägt. In der anderen Hand hat er eine zerbeulte Farbdose voller Pinsel. Er hat einen blauen Overall an und die Ärmel um den Bauch geknotet; es sieht aus, als ob sie ihn umarmen. Er hat Bartstoppeln am Kinn, die schon ein bisschen grau sind, das könnte aber auch Farbe sein.

Er hat nämlich überall Farbe.

Überall auf seinem Gesicht und seinem Glatzkopf sind Spritzer. Auf seinem Overall und seinen Stiefeln sind Flecken, und auf seiner Haut ist so viel Farbe – es sieht aus, als ob er sie ausschwitzt.

Seine Augen haben dieselbe Farbe wie unsere Schlafzimmerwand.

Als er mich sieht, bleibt er stehen und winkt. Ich gehe langsam auf ihn zu, und als ich sein Gesicht aus der Nähe sehe, habe ich keine Angst mehr vor ihm. Ein kleines Lächeln huscht darüber, und er sieht aus wie Dad, wenn der plötzlich zwanzig Jahre in die Zukunft geworfen würde.

»Magst du Bob Marley?«, fragt er. Ich bleibe bloß stehen und nicke, weil ich total verrückte Sachen im Kopf habe, dass ich nämlich wirklich in die Zukunft gereist bin und er tatsächlich mein Dad ist. Er streckt seine mit Farbe bekleckerte Hand aus und sagt, »Nulty.«

»Ich habe den Löffel gar nicht benutzt, aber ich habe ihn trotzdem abgewaschen«, sage ich.

Manchmal finde ich es echt langweilig, mich die ganze Zeit wie ein Vollidiot zu benehmen.

Aber es ist nicht so schlimm, er nickt nämlich, als ob das nicht der dümmste Satz war, den er überhaupt je gehört hat. Er grinst wieder so ein bisschen, also sage ich ihm, wie ich heiße, und schüttele ihm endlich die Hand. Dann setzen wir uns an den Tisch. Er stellt mir keine Fragen, was ich hier mache oder wann ich wieder wegwill. Das ist ein bisschen enttäuschend, ich habe mir nämlich eine Geschichte ausgedacht, dass ich für einen wohltätigen Zweck Survival-Urlaub mache und irgendwelche Sponsoren für jeden Tag spenden, den ich aushalte – und jetzt kann ich sie gar nicht anbringen. Dabei habe ich ganz schön lange gebraucht, sie mir auszudenken.

Stattdessen fängt Nulty an, seine Pinsel zu reinigen. Zuerst will ich ihm meine Hilfe anbieten, aber als ich sehe, wie er es macht, lasse ich es. So sorgfältig könnte ich niemals irgendwas machen. Ich hoffe, das liegt bloß daran, dass ich noch klein bin, und das kann sich noch ändern. Aus einem großen blauen Eimer füllt er vier Behälter mit Wasser. Im ersten wäscht er den größten Teil der Farbe aus den Borsten. Dann wäscht er jeden Pinsel noch zweimal im zweiten und dritten Behälter. Im letzten Behälter werden sie alle noch mal ausgespült.

Nultys Finger sehen aus wie knotige Treibholzäste, aus denen Vorsicht und Stille strömt. Und schon vom Zugucken wird mir genau so zu Mute – vorsichtig und still. Nicht so vorsichtig, wie wenn man Angst vorm Runterfallen hat oder so. Nulty redet nicht, während seine Treibholzfinger arbeiten, aber ich will die Stille auch nicht ausfüllen, die sie verbreiten. Alle sagen mir immer, dass ich das sonst ständig mache. Wenn es still wird, muss ich immer dumme Fragen stellen[38]. Oder singen oder alberne Geräusche machen, wenn mir keine Fragen einfallen. Dad

---

[38] Zum Beispiel: Wie viele Haufen macht ein Mensch in seinem gesamten Leben?

sagt, ich habe solche Angst vor der Stille, weil ich da vielleicht mal denken müsste.

Aber darüber mache ich mir im Augenblick gar keine Sorgen. Die Stille, die aus Nultys knotigen Fingern kommt, rollt einen ganz und gar auf, wie eine Fahne im Wind. Ich erzähle ihm, dass mir sein Curry gut geschmeckt hat, aber nicht, dass mir davon normalerweise immer der Hintern explodiert. Als er mit den Pinseln fertig ist, holt Nulty uns Wasser zum Trinken aus dem Bach. Er gießt zwei saubere Marmeladengläser voll, und wir gehen auf dem Trampelpfad am Bach entlang, der uns ans Meer bringt. Er hat sich auf jeden Fall den besten Platz auf der ganzen Insel ausgesucht. Jede Menge Bäume und Felsen schützen seinen Campingbus vor den schlimmsten Stürmen, aber der Platz ist trotzdem offen und hell.

Nulty führt mich zu einer kleinen geschützten Bucht, die aufs offene Meer hinausgeht. Ein kleines Boot liegt auf dem Kopf, damit es nicht hineinregnet. Es heißt *Hoffnung* und ist hoch auf den Strand gezogen, damit die Flut nicht drankommt. Wir setzen uns auf ein riesengroßes Stück Treibholz, das wie eine offene Hand aussieht. Wir sitzen auf der Handfläche. Neben dem krummen Daumen ist ein Lagerfeuer mit einem Ring aus schwarzen Backsteinen drum herum. Außerdem steht da ein zerkratztes altes Fernrohr auf einem Stativ, aufs Meer gerichtet.

Wir sitzen eine Zeit lang schweigend und trinken unser Wasser. Ich lasse alles auf mich wirken: den Himmel voller Wolken, die wie plattliegende Gänseblümchen aussehen;

den Meergeruch; das Murmeln der Wellen und das Rufen der Seevögel. Über nichts davon braucht man ein Wort zu sagen. Dann entdecke ich ein sehr schwarzes Schiff, weit entfernt am Horizont. Das verdirbt die Aussicht irgendwie, aber andererseits bin ich auch froh, dass es da ist, ohne zu wissen, wieso. Ich ziehe meine Turnschuhe aus und spiele mit dem Sand zwischen den Zehen – oben warm, darunter kühl. Nulty merkt, dass ich das Schiff angucke.

Er sagt: »Versuch's mal durchs Fernrohr.«

Das ist viel stärker, als es aussieht. Das Schiff macht einen Riesensatz auf mich zu. Es ist ein Öltanker. Am Heck ist eine große Brücke, davor ist es so flach wie eine Straße bis zur Spitze ganz vorn. Ich sehe zwei Leute nebeneinanderstehen und über die Reling nach unten gucken. Plötzlich tun sie mir leid. Das Gefühl geht in mir auf wie ein großes Loch. Sie stehen da bloß und gucken an ihrem Schiff runter, und ich gucke sie von hier mit dem Fernrohr an. Das traurige Gefühl kommt von irgendwo dazwischen, weil ich sie beobachte und weil sie das nicht wissen. Aber auch, weil sie nichts dagegen machen könnten, selbst wenn sie es wüssten.

Ich höre auf, sie zu beobachten, weil es mir vorkommt wie Stehlen.

Nulty sagt nichts, aber als ich mich hinsetze, macht er so ein Gesicht, als ob er vielleicht Bescheid weiß.

Wir sitzen noch eine Weile da, gucken und reden nicht viel. Ich habe das Gefühl, Nulty wartet darauf, dass ich was erzähle, aber ich weiß nicht, was. Wieder strömt Stille aus ihm heraus, und ich werde auch wieder ganz still. Ich bin froh. Aber nach einiger Zeit muss ich gehen, bevor ich anfange ihm was zu erzählen. Versteht mich nicht falsch – ich will ihm ja was erzählen; er ist schließlich richtig freundlich zu mir und so. Aber ich will nicht, dass alles so rausgesprudelt kommt wie bei Tony Rumsey damals. Es muss genau das Richtige im genau richtigen Moment sein. Außerdem will ich ihn unbedingt fragen, was er malt, und wahrscheinlich hat er genau aus dem gleichen Grund noch kein Wort darüber verloren, aus dem ich jetzt gehen muss.

Einhundertundfünfzig Backsteine

Ich gehe nicht direkt zum Bootshaus zurück, sondern erst zum Strand runter. Ich habe die Wasserflasche am Bach aufgefüllt[39]. Eine Weile setze ich mich auf einen Haufen Backsteine und versuche mir zu überlegen, wieso ich sie nicht mehr aufschichten sollte.

Als mir schließlich klarwird, dass ich von selbst nicht aufhören kann und dass mich niemand sonst aufhalten wird, hole ich mir meinen Kapuzenpulli vom Felsen. Er ist schön trocken, aber vom Meerwasser sind Salzkrusten drauf, und mitten auf der Kapuze ein dicker fetter Fleck Vogeldreck. Ich muss zugeben, der Volltreffer beeindruckt mich.

Mir brennen bald wieder die Finger und Handflächen, aber ich höre immer noch nicht auf.

Was mir wirklich gefällt: bis oben hin voll zu sein mit dem Zählen von Backsteinen. So fühlt sich Dad bestimmt auch, wenn er Sachen zählt – nach eins kommt immer zwei, egal, was passiert. Wenn ich das weiß, fühle ich mich schon sicherer. Vielleicht zählen alle Menschen dauernd innen drin eins, zwei, drei. Das wäre schon okay. Dann müsste sich niemand mehr blöd vorkommen oder ausgeschlossen. Ich habe Dad mal danach gefragt, und er hat gesagt, für ihn ist es wie Beten. Ich wusste nicht, was ich dazu sagen sollte, deshalb hat er es mir erklärt: Vom Beten soll es einem

---

[39] Nulty hat gesagt, das könnte ich jederzeit.

bessergehen, weil man darum bittet, dass jemand auf einen aufpasst. Ich finde, beten heißt Angst haben und zugeben, dass man nicht weiterweiß. Dad hat gesagt, wenn er Sachen zählt, fühlt er sich besser, und außerdem bittet er damit auch um etwas. Als ich gefragt habe, um was denn, hat er gesagt, das weiß er nicht. Aber wenn er Sachen zählt, ist das für ihn irgendwie so, als ob er *auf* sie zählt.

Jedenfalls bin ich so voll davon, einhundertundfünfzig Backsteine zu zählen, dass ich gar nicht merke, wie eine große Glasscherbe mir in zwei Finger schneidet, so dass das Blut überall hinspritzt. Ich spüre es eigentlich gar nicht, weil meine Hände sowieso wehtun. Ich merke es erst, als sich die Backsteine beim Tragen besonders glitschig anfühlen. Dann sehe ich, wie das Blut vom Kapuzenpulli auf die Jeans tropft. Es ist so rot, dass es gar nicht echt aussieht. Ich bringe die Backsteine bis zum Haufen, dann gehe ich zum Wasser, um die Wunde zu waschen. Ich entdecke einen langen Riss im Kapuzenpulli. Als ich die Hand ins Wasser stecke, ist mir sofort klar, wie blöd das ist. Das Salzwasser brennt wie verrückt, und ich muss mich sehr anstrengen, damit ich mich nicht übergebe. Ich hätte die Wasserflasche nehmen sollen. Als ich runtergucke, sehe ich durchs Wasser einen Schnitt in der Mitte vom kleinen Finger und am Ringfinger. Ich muss ein bisschen kichern, weil sie aussehen wie zwei Münder, die sich unterhalten, wenn ich die Finger bewege. Es tut nicht sehr weh, abgesehen vom brennenden Salzwasser, aber ich weiß, später wird es wehtun. Die Übelkeit hängt auch damit zusammen, dass ich jetzt keine Steine mehr schleppen kann, obwohl ich es doch unbedingt muss.

Als ich aus dem Wasser komme, balle ich die Hand zur Faust und wickele meinen Pulli drum herum. Meine Hand fühlt sich gleichzeitig gedehnt und schwer und aufgebläht an. Auf dem Rückweg vom Strand zum Bootshaus habe ich das Gefühl, dass alle Backsteine, die ich gezählt habe, aus mir herausströmen.

Im Bootshaus wickele ich mich in den bekleckersten Schlafsack und liege rum wie ein schrottiges Geschenk, das keiner haben will. Bei dem Gedanken möchte ich ein bisschen weinen, also weine ich. Es kommt alles rausgebibbert, weil ich innen drin so angespannt bin. Ich bin ganz froh, dass ich allein bin; ich weine nämlich auch darüber, dass Jaffa Cakes nicht mehr so schmecken wie früher. Auf keinen Fall könnte ich irgendwem erklären, wie wichtig das gerade jetzt in diesem Moment ist. Auf keinen Fall.

Ich bin auch froh, dass gerade keine Möwen da sind, die mich auslachen.

Die große bekleckste Raupe, die nicht konnte

Als ich wieder aufwache, ist es Abend, und ich kann meine verletzte Hand nicht mehr bewegen. Das dumpfe Pochen darin ist irgendwie in der Ferne, als ob es zu jemand anderem gehört. Es muss geregnet haben, der Schlafsack ist nämlich klitschnass und riecht nach Salz und Chemie, so wie Pipi und Schweiß gemischt. Ich fühle mich ganz weit weg, als ob ich mir selbst zum Abschied winke, während ich auf der letzten Bank in einem schrecklich schaukelnden Bus mit zu hoch aufgedrehter Heizung sitze. Ich setze mich hin, bleibe aber in den Schlafsack gewickelt, wie eine große, nasse, bekleckste Raupe aus einem Bilderbuch für Kleinkinder: *Die große bekleckste Raupe, die nicht konnte.*

Ich komme mir total bescheuert vor. Ich weiß, dass ich Hilfe brauche, aber ich komme nicht aus dem Schlafsack raus, und schon der Gedanke, den ganzen Weg zu Nultys Camp zu kriechen, macht mich müde. Ich überlege, ob ich um Hilfe rufen sollte, aber daraus wird gleich der Wunsch, wieder einzuschlafen und vielleicht morgen weiter drüber nachzudenken. Mein Körper fühlt sich an wie ein Gummiband, das zu lang gezogen wurde. Ich schaffe es gerade noch, mir wegen der Jaffa Cakes blöd vorzukommen, bevor ich wieder eindöse.

Als Nächstes merke ich, wie ich ausgewickelt und weggetragen werde.

Aber ich will nicht weg, weil Finn zurückkommen könnte. Ich möchte nicht, dass er allein Angst haben muss.

173

Zwei Abende hintereinander Curry

Das Erste, was ich nach dem Aufwachen bemerke, noch bevor ich die Augen aufmache, ist ungeheuer lautes Regenprasseln auf einem Metalldach. Das Erste, was ich nach dem Augenöffnen bemerke, ist ein Nachthimmel, mit leuchtenden Farben gemalt. Millionen von Sternen und ein dicker gelber Mond scheinen aufs Meer. Vom Fenster neben meinem Kopf blättern Farbspritzer ab. Mir ist warm, ich habe keine Angst mehr, und ich will mich nicht bewegen. Als ich die Hand hebe, sehe ich einen sauberen Verband um die verletzten Finger. Ich bleibe eine Weile liegen und zähle die Sterne, damit ich was zu tun habe. Ich komme bis zweihundertundfünfzig, ehe die Tür aufgeht und Nulty hereinkommt.

Er trägt dieselbe Windjacke wie in der Gewitternacht. Jetzt sehe ich, dass sie voller Farbspritzer in verschiedenen Farben ist, wie fast alles hier. Im Moment ist sie tropfnass. Nulty zieht sie aus und hängt sie zum Trocknen über eine blaue Wanne. Dann setzt er sich auf einen Stuhl neben einem winzigen Herd. Keiner von uns sagt was, und die Stille wird schnell vom Regentrommeln gefüllt, das alles umgibt. Das Geräusch habe ich schon immer gemocht. Es erinnert mich an Ferien. Dann höre ich dahinter oder darunter das Gurgeln vom kleinen Bach. Es klingt, als ob jemand seine Halsschmerzen behandelt. »Hier ist überall Farbe«, sage ich zu Nulty, ehe ich es noch richtig begreife. Was ich eigentlich fragen wollte: *Was malst du eigentlich?*

Aber Nulty antwortet, »Ja, das stimmt.«

»Ja«, wiederhole ich, weil ich bloß denken kann, wie blöd mein letzter Satz war.

»Du hast dir zwei Finger geschnitten.«

»Ich habe Backsteine geschleppt.«

»Eine ganze Menge Backsteine«, sagt er. Dabei huscht wieder so ein kleines Lächeln über sein Gesicht. Ich habe das Gefühl, ich müsste es ihm erklären, aber ich sage nichts, weil ich noch nicht will. Vielleicht später, aber nicht jetzt.

»Kann ich sehen, was du malst?«, frage ich, und meine Stimme zittert.

»Morgen«, sagt Nulty. Dann fragt er, ob ich Hunger habe, und genau in dem Moment merke ich, wie groß mein Hunger ist.

Ich schaue Nulty heimlich an, als er auf dem kleinen Herd Essen kocht. Es gibt wieder Curry, aber das ist mir egal. Ich schaue ihn an und überlege, was an ihm mich wohl an Dad erinnert. Immer, wenn ich irgendwas entdecke, die Form der Nase zum Beispiel, kommt davon alles andere durcheinander, und er sieht wieder ganz fremd aus. Als Nulty mich ungefähr eine Million Mal dabei ertappt hat, wie ich ihn anstarre, fragt er: »Wer ist es?«

»Wer ist was?«

Er grinst wieder so ein bisschen schelmisch. »Ich habe so ein Gesicht«, erklärt er.

»Was?«, frage ich. Dann noch mal, »Was?«

»So ein Gesicht, das immer so aussieht wie jemand Bekanntes.«

»Ach so«, sage ich bloß, weil ich ihm nicht erzählen will, dass es Dad ist. »Kann ich auch sehen, was du malst, wenn es morgen noch regnet?«

Ich höre auf, sein Gesicht anzustarren, und schaue stattdessen seine Hände an. Sie arbeiten genauso langsam und still wie beim Pinselwaschen. Beim Zuschauen kann ich mir gut vorstellen, wie diese stillen, langsamen Finger meine blutigen Finger sauber machen und verbinden, als ob sie Gemüse oder Pinsel wären. Die Gedanken an solche stillen, langsamen Sachen füllen mich bis zum Rand voll. Da bleibt gar kein Platz mehr für die heulende Raupe in ihrem bekleckesten Schlafsack, die in dem zugigen alten Bootshaus wohnt. Und auch kein Platz für den fiesen, blöden Otterplattmacher. So langsam wird mir wieder klar, das Steineschleppen war keine bescheuerte Zeitverschwendung, sondern bloß eine andere Art vorwärtszukommen, das ist alles.

Auf einmal bin ich ganz still und ruhig. Ich denke bloß noch daran, dass ich heute zum zweiten Mal hintereinander Curry zum Abendessen kriege und dass es mir überhaupt nichts ausmacht. Und plötzlich wird mir klar, dass ich von jetzt an mein ganzes Leben jeden Abend Curry essen könnte, wenn sich das Warten darauf immer so anfühlen würde.

»Es gibt schon wieder Curry«, sagt Nulty. »Ist das okay?«

Goldfische

Nach dem Essen lässt der Regen nach. Nulty gräbt noch einen beklecksten Schlafsack für mich aus. Außerdem leiht er mir noch eine Taschenlampe, die ich ihm morgen wiedergeben soll, wenn ich angucken komme, was er malt. Ich hätte auch bleiben können, wenn ich gewollt hätte, aber das konnte ich nicht. Allein im Bootshaus zu schlafen ist ungeheuer wichtig, weil es unbedingt zum Steineschleppen dazugehört.

Im Bootshaus mache ich ein kleines Feuer an, gleich hinter der offenen Tür. Es ist ein bisschen windig, aber es qualmt nicht sehr. Dann krieche ich in den beklecksten Schlafsack, liege einfach da und schaue den Abend[40] und die zischenden kleinen Flammen an und denke über verschiedene Sachen nach. Und das ist gar nicht blöd oder schlimm: ungewöhnlich für mich. Die Gedanken schwimmen einfach so in meinen Kopf und wieder raus, wie Goldfische. Ein wirklich nettes, langsames, ruhiges Gefühl, ich muss gar nicht viel drüber nachgrübeln. Ein Goldfischgedanke dreht sich um Finn und mich, wie wir mit Dad ins Meer pinkeln. In dem Gedanken muss niemand irgendwas zählen, weil wir einfach bloß ins Meer pinkeln, weiter nichts. Der nächste Goldfischgedanke zieht gleich hinterher, nämlich über Angela beim Zoobesuch. Darin denkt Angela über zwei Tukane nach. Immer wenn sie was Neues

[40] Der Himmel ist voller Sterne, und der Mond ist wie ein Fingernagel.

sieht, muss sie stehen bleiben und eine Zeit lang darüber nachdenken. Und weil es zwei Tukane waren, mussten wir noch mal zurückgehen und ein zweites Mal drüber nachdenken. Sie hat gesehen, dass wir lachen, und wir haben versucht, es ihr zu erklären, aber sie hat es nicht begriffen, also haben wir aufgehört. Der nächste Goldfischgedanke geht um das Fenster vom alten Grundy, das ich einschmeiße, aber der gefällt mir nicht so. Dafür wird mir klar, dass ich wegen der anderen Goldfischgedanken kein schlechtes Gewissen habe. Gar nicht. Ich bin bloß froh, dass ich sie überhaupt hatte. Ich hoffe, sie werden mal so wie stille und langsame Finger. Das wäre richtig nett. Ein schlechtes Gewissen und so was kommt mir jetzt ganz weit weg vor. Und das Gute ist, es macht mir überhaupt nichts aus.

ROB

Am nächsten Tag sind meine Finger ein bisschen steif, tun aber nicht mehr so weh. Als ich aus dem Bootshaus komme, um zu pinkeln, fühlt sich der Morgen ganz komisch an. Als ob er noch nicht wüsste, was er werden soll. Die Bäume sehen aus wie braune und grüne Krakel. Am Himmel sind ein paar Wolken, aber ganz klein und verstreut, wie Leute, die nichts miteinander zu tun haben wollen. Ich bin froh, dass keine Otter da sind.

Nach dem Waschen esse ich den letzten Müsliriegel und trinke Wasser. Dann gehe ich zum Strand runter. Der Haufen Steine liegt da und tut wie ein nutzloser Haufen Steine irgendwo an einem Strand. Ich gehe schnell weg, weil ich mir sonst selbst klein und nutzlos vorkomme. Ich beschließe, mir anzugucken, was Nulty malt.

Ich höre wieder Musik, als ich durch den Wald laufe. Diesmal habe ich keine Ahnung, wer es ist. Dad wüsste es bestimmt, es hört sich nämlich an wie Jazz, und darauf steht er.

»Wie geht es deiner Hand heute Morgen?«, fragt Nulty, noch bevor er Hallo sagt. Dann wechselt er den Verband. Die Schnitte sehen jetzt aus wie die faltigen Münder von zwei Rentnern in der Busschlange, die vor sich hin maulen. Bei dem Gedanken muss ich (heimlich) lachen und mit den Schultern wackeln. Diesmal verbindet Nulty beide Finger einzeln. Als er fertig ist, steht er auf und sagt: »Komm mit.«

Ich gehe also mit.

Wir folgen dem Trampelpfad um den Campingbus nach links. Er windet sich zwischen den Bäumen entlang, ab und zu sehe ich links von mir das Meer aufblinken. Aber ich kann es die ganze Zeit unter der Musik rauschen hören. Irgendwie kommt es mir ganz normal vor, auf diesem kleinen Weg hinter Nulty und seinem wippenden Glatzkopf herzulaufen. Er ist viel größer als ich, aber er geht oft gebückt. Ich dachte erst, das kommt von den vielen Farbeimern, aber er macht es auch so dauernd. Vielleicht geht er schon so lange gebeugt, dass sich sein Körper einfach dran gewöhnt hat. Nach ein paar Minuten Hin und Her und Auf und Ab[41] macht der Weg eine scharfe Rechtskurve um ein paar Felsen. Dann hört er auf und eine breite Senke öffnet sich.

Und da sehe ich es.

Es ist ungefähr fünfzehn Meter hoch und genauso breit. Es ist auf einer alten Wand, die allein zwischen den Bäumen steht. Jedes Fleckchen Wand ist bemalt. Mit einem:

---

[41] Die Insel ist viel größer, als ich dachte.

Ich fasse es nicht. Da bin ich so weit weggelaufen, und das ist das *Allerletzte*, was ich sehen will. Es ist so verrückt, dass ich kein Wort rauskriege.

Ich überlege, wieso ich es noch nicht gesehen habe. Man sollte doch meinen, ein fünfzehn Meter großer Otter müsste einem auffallen. Dann fällt mir ein, dass er in einer tiefen Senke steht und von Bäumen umgeben ist.

Überall im Tal liegen Backsteine herum. Sie müssen von dem Gebäude stammen, zu dem die Wand mal gehört hat. Das erklärt auch meine Backsteine. Mein Strand muss gleich hinter der Landspitze sein. Wir gehen zu einer Bank aus Treibholz und Backsteinen, genau wie die an Nultys Campingplatz. Wir sagen eine Weile nichts, weil ich erst mal über das Riesen-Otter-Bild wegkommen muss. Es hat alle Worte aus mir rausgedrückt, wie Wasser aus einem Schwamm.

Innen drin werde ich ganz durcheinander davon. Als ob der Otter die ganze Zeit hier gewesen ist und auf mich gewartet hat. Er steht fast genau so da wie der blöde ausgestopfte Otter vom alten Grundy, aber das ist auch alles, was sie gemeinsam haben. Dieser hier sieht nämlich total lebendig aus. Obwohl er hinter einem großen Gerüst steckt, kann man von ihm doch alles lernen, was lebendig sein heißt. Ich sehe gleich, dass er auf die Nacht wartet; wenn die ganze Welt schlafen gegangen ist, steigt er von der Wand und läuft zum Meer.

Wenn ich ein ROB an einer alten Wand wäre, würde mich der Meeresgeruch verrückt machen. Ich könnte gar nicht bis zum Abend warten; ich würde einfach runtersteigen und nach meiner Riesenotterfamilie suchen, und vorher vielleicht ein kleines Bad im Meer nehmen. Aber dieser Riesenotter würde das nicht machen. Bestimmt nicht. Er sieht aus, als ob er der geduldigste Riesenotter der Welt wäre.

Je länger ich ihn angucke, desto mehr Fragen möchte ich stellen. Wie, zum Beispiel, und Warum, und Wie lange schon. Aber ich lasse es, weil ich sonst wahrscheinlich auch erzählen müsste, Wie und Warum und Wie lange schon. Also bleibe ich still und starre das ROB an, das zurückstarrt. Nach kurzer Zeit bohren sich die großen braunen Augen in mich hinein. Durch das Gerüst kreuz und quer vor seiner Nase sieht es aus wie ein Zookäfig oder ein Riesenottergefängnis. Ehrlich gesagt sieht es ein bisschen traurig aus.

»Findest du, dass er traurig aussieht?«, fragt Nulty.

Das ist mir jetzt ein bisschen unheimlich, weil er anscheinend weiß, was ich denke. Also nicke ich bloß langsam. Nicken kann alles Mögliche heißen, wenn man will. Ich nicke noch ein bisschen weiter, dann vergesse ich es und frage:

»Wie lange malst du diesen großen Otter schon?«

»Zehn Jahre«, sagt er.

»Ich bin auch zehn«, sage ich.

»Eine ganz schön lange Zeit, oder?«

Ich versuche wieder zu nicken und überlege mir eine gute nächste Frage.

»Willst du wissen, wieso?«, fragt er und liest wieder meine Gedanken. Als ich ihn heimlich angucke, sehe ich gerade noch das schelmische Grinsen über sein Gesicht huschen. Nulty steht auf und drückt mir einen Pinsel in die Hand.

Und so fange ich an, ihm zu helfen. Und es fühlt sich ganz richtig an.

Wenn mir am Montag jemand erzählt hätte, ich würde heute mithelfen, einen Riesenotter auf eine große Wand zu malen, hätte ich gedacht, der ist übergeschnappt. Da sieht man es mal wieder.

Los geht's ...

Nulty hat kein Wort geredet, seit er mir den langen Brief gegeben und gesagt hat, da steht drin, was mit ihm und seiner Familie passiert ist. Er schaut mich an, lächelt und sagt, ich muss ihn nicht gleich lesen. Da bin ich aber froh, ich kann es nämlich nicht ausstehen, wenn ich was mache und andere Leute mich dabei anstarren.

Nach einer Weile geht Nulty zurück in sein Camp, um irgendwas zum Saubermachen der Pinsel zu holen. Ich bleibe unter dem Riesenotterbild sitzen und halte den Brief in der Hand.

Und jetzt kann ich es nicht weiter aufschieben, also: los geht's ...

Was Nulty geschrieben hat

Ich habe sehr lange ein ganz normales Leben geführt, so normal wie nur was. Ich war Kunstlehrer; ich hatte eine Frau und einen Sohn. Ich habe sie geliebt. Ich habe sie bei einem Segelunfall verloren. Nach der Beerdigung habe ich gemerkt, dass ich nicht mehr unter Menschen sein kann. Ich war randvoll mit dem Gefühl, etwas zu wissen, was sie nicht wissen. So etwas schafft Distanz. Ich habe die Menschen angesehen, und sie waren so erfüllt von ihrem Leben und Überleben, dass sie mich ständig daran erinnerten, wie leer ich selbst war.
Ich blieb immer öfter zu Hause und versteckte mich vor den Menschen. Es war wie Weglaufen, ohne irgendwohin zu laufen. Nach einiger Zeit ging ich bloß noch nachts raus. Lebensmittel kaufte ich in Läden, die weit weg von meiner Wohnung lagen. Ich wollte allen Bekannten aus dem Weg gehen. Ich fühlte mich von ihren besorgten Blicken und mitfühlenden Worten angeklagt. Ich glaubte, für den Tod meiner Familie verantwortlich zu sein, obwohl ich wusste, ich konnte nichts dafür. Ich hatte sie überlebt, dabei hätte ich nichts lieber gewollt als mit ihnen untergehen. Ich war wütend, dass sie mich zurückgelassen hatten. Atmen wurde eine Art Strafe, eine seltsame Verurteilung.
Nach einiger Zeit ging ich in ein Krankenhaus. Als ich wieder rauskam, ließ ich mich vorzeitig pensionieren. Schuldge-

fühle und Wut waren verblasst, aber an ihre Stelle war eine eigenartige Leere getreten, die wie eine Wunde schmerzte. Du kennst das ja: wenn man vor etwas Angst hat, möchte man ihm entfliehen. Ich habe also versucht vor der Leere wegzulaufen. Ich habe unser Haus verkauft und den Campingbus gekauft. Ich hatte auch Geld von der Versicherung bekommen, wegen des Bootsunfalls, aber ich konnte es einfach nicht anrühren. Ich habe es verschenkt und mich danach leichter gefühlt. Davon war zwar die Leere nicht weg, aber es ging mir ein bisschen besser.

Dann fuhr ich los.

Am ersten Tag ließ ich alle meine Bücher am Straßenrand stehen, damit sie jemand anders lesen kann. Dann trennte ich mich nach und nach von allem, was zu meinem alten Leben mit meiner Familie gehörte. Ich hatte keine Ahnung, warum ich manche Sachen gerade an diejenigen verschenkte, die sie bekamen, aber ich merkte jedenfalls, je leerer der Bus wurde, desto leichter wurde mir, desto klarer wurde alles. Schließlich war nur noch eins übrig: ein Foto von uns allen zusammen. Das wegzugeben brachte ich nicht übers Herz.

Beim Fahren fing die Welt langsam an, mir wieder etwas zu bedeuten. Also fuhr ich einfach. Ich fuhr und fuhr und fuhr immer weiter. Ich hielt nur an, um zu essen, zu schlafen, zu tanken oder den Bus zu reparieren.

Nachdem ich sehr lange herumgefahren war, fand ich diese Insel und fuhr bei Ebbe hinüber. Ich beschloss eine Woche Pause zu machen. Doch obwohl ich angehalten hatte, reisten meine Gedanken immer noch weiter, so wie eine Platte sich immer noch dreht, nachdem man den Plattenspieler abgeschaltet hat. Dann wurde mir klar, ich hatte das Fahren nicht unter Kontrolle gehabt, so als ob man einen steilen Berg hinunterrennt und nicht anhalten kann. Ich habe den Bus neben deinem Bootshaus abgestellt, aber es nicht über mich gebracht, auszusteigen. Die Welt draußen war einfach zu groß, zu viel für mich.

Ich beobachtete eine Otterfamilie, die in der Nähe des Strandes lebte. Nach ein paar Tagen machte ich die Bustür auf und fing an, die Tiere auf Einwickelpapier und Notizzettel zu zeichnen. Sie beachteten mich überhaupt nicht. Schließlich stieg ich aus dem Bus, hinein in die herrlichste Mondnacht, die ich je gesehen habe.

Von da an verbrachte ich meine gesamte Zeit damit, die Otterfamilie zu zeichnen und zu fotografieren. Doch eines Morgens, als ich aufwachte, waren sie verschwunden. Furchtbare Panik überfiel mich. Ich hatte die Leere schon vergessen, doch jetzt drohte sie wiederzukommen. Um etwas zu tun zu haben, begann ich die Insel zu erkunden. Als Erstes fielen mir die Backsteine auf, die überall verstreut waren. Es sah aus, als hätte jemand eine Spur gelegt.

Und so habe ich die Wand gefunden.

Sie gehörte zu einem Gebäude, das ein Sturm zerstört hatte. Sie war vollständig mit Efeu und Ranken überwuchert. Aber als ich sie anschaute, bewegte sich etwas in mir. Die Wand sah aus, als hätte sie die ganze Zeit hier auf mich gewartet. Da beschloss ich zu bleiben.

Ich hatte keine Ahnung, wieso. Das war so ein Moment, wo man seinen Gefühlen folgen muss, um dann zu sehen, was geschieht. Ich wusste nur, ich muss etwas sehr Großes malen. Das traf mich wie ein Blitz, ich hatte nämlich schon sehr lange nichts mehr gemalt. Meine Malutensilien hatte ich sogar fast als Erstes weggegeben.

Dann saß ich eines Morgens am Wasser und sah die Flut auflaufen, als ich sie entdeckte.

Eine Otterfamilie jagte ungefähr fünfzig Meter draußen Fische. Da wusste ich genau, was ich malen musste.

Ich fuhr von der Insel runter und beinahe hundert Kilometer weit, um alles einzukaufen, was ich brauchte. Das Gerüst war am schwierigsten: Ich musste viermal fahren, und ich hatte Angst, der Bus schafft es nicht.

Am nächsten Tag ging ich zur Wand und arbeitete, bis es zu dunkel wurde und ich nichts mehr sah. Ich holte meinen Schlafsack aus dem Bus und schlief vor der Wand. Sobald es hell wurde, fing ich wieder an zu arbeiten. So ging es die nächsten zwei Wochen.

Ein neuer Rhythmus war entstanden.

Abends baute ich am Gerüst und tagsüber malte ich. Manchmal schlief ich einfach da, wo ich umfiel. Manchmal war ich morgens total von Mücken zerstochen. Eines Morgens, als ich aufwachte, hatte eine Spinne zwischen meinem Ohr und einem Farbeimer ein Netz gebaut. Zuerst träumte ich gar nicht, dann sechs Nächte hintereinander von dem Otter. Ich verließ die Wand bloß, um Material oder Lebensmittel zu kaufen. Ich lebte nur von Äpfeln und süßsaurer Fertignudelsuppe. Wenn das Wetter schlecht war, malte ich stattdessen die Decke meines Campingbusses an. Ein Sternenhimmel schien mir genau das Richtige. Ich hatte Angst, wenn ich aufhöre zu malen, kann ich nicht wieder anfangen. Dann fing ich eines Morgens ganz oben auf dem Gerüst zu weinen an, weil die rote Farbe alle war. Ich malte weiter, aber ich weinte auch zwei Tage lang, bis ich mich so leicht fühlte, dass ich durch die Luft hätte laufen können.

Alles, was ich von der Welt weiß, ist in dieses Ottergemälde geflossen. Ich spüre es in der Oberfläche der Farben und in den rauen alten Backsteinen darunter. Und alles, was ich von mir selbst weiß, drückt sich hierin aus: ein Junge zu sein, dann ein Mann; dann Ehemann und Vater, dann wieder nur ein Mann. Ein Mann, der alles verloren hat: ein Mann, der diesen Riesenotter auf diese alte, verfallene Wand malen muss, um sich selbst seinen Verlust zu erklären.

Und dann wurde bei einem Sturm der Kopf so beschädigt, dass ich ihn noch einmal malen musste. Als ich ihn wiederhergestellt hatte, malte ich einfach weiter. Und wenn ich jetzt kurz vorm Fertigwerden bin, muss ich immer wieder ganz von vorn anfangen. Und jedes Mal, wenn ich eine neue Schicht auftrage, kommt mir der Otter greifbarer, wirklicher vor, eher in der Lage, allein zu existieren. Als läge die Erklärung, die ich suche, irgendwo in diesen Schichten, und wenn ich nur weitermache, weitermale, dann wird sie sich mir enthüllen.

Heute weiß ich, dass es keinen Grund für das gab, was meiner Familie, meinem Leben zugestoßen ist. Doch obwohl ich das weiß, oder gerade weil ich es weiß, kann ich nicht damit aufhören, in diesen Farbschichten und den alten Backsteinen darunter nach dem Grund zu suchen. Ich weiß, ich kann mich von dieser Wand nur frei machen, wenn sie von einem ebenso heftigen Sturm weggerissen wird wie der, der sie dort hat stehenlassen.

NULTY

Möwenklo

Später gehe ich zum Schlafen zurück zum Bootshaus. Der Steinhaufen, den ich aufgeschichtet habe, ist größer, als ich ihn in Erinnerung hatte. Aber er sieht immer noch echt einsam und verlassen aus, wie er da so auf dem Sand liegt. Ein paar Möwen stehen drauf und lachen mich probehalber aus. Aber das macht mir nichts. Wenn ich mir das große einsame Backstein-Möwenklo so angucke, wird mir tief im Bauch ein bisschen schlecht. So als ob man merkt, dass sich irgendwas ändern wird.

Ich zünde mein Feuer an. Beim Anmachen sehe ich, dass meine Hände immer noch voller Farbspritzer sind, sogar auf den Verbänden. Ich gucke meine Klamotten an, die sind genauso vollgekleckst. Irgendwie stört mich das so sehr, dass ich zum Meer gehe und mich wasche. Als ich mir die brennenden Hände wasche, denke ich darüber nach, was ich Nulty erzählt habe. Nachdem ich seinen Brief gelesen hatte, wusste ich, dass ich jetzt wohl dran bin. Ich weiß nicht, wieso ich seinen Brief dabei festhalten musste, jedenfalls hatte ich ihn die ganze Zeit in der Hand. Das stimmt nicht – ich weiß es. Ich hatte totale Angst, aber als ich einmal angefangen hatte, da floss endlich alles aus mir raus.

Nulty sagte kein Wort.

Was ich Nulty erzählt habe

Meine Familie, das sind Mum und Dad und mein eineiiger Zwillingsbruder und meine kleine Schwester Angela, die gehörlos ist, und Donut, der dämliche Hund. Wir wohnen zusammen in einem Haus in der Holt Street. Mein Bruder ist ertrunken. Das ist in einem Fluss passiert, ein paar Kilometer weg von unserm Haus, und zwar so …

Finn hat Otter immer gern gemocht, schon seit wir mal in einen Otterpark gefahren sind, als wir sechs waren. Er hat sie so geliebt, dass er sich von Oma Irland einen braunen Pullover mit einem Otter vorne drauf hat stricken lassen. Er hat sie dazu gebracht, indem er den Pullover bei jedem Telefongespräch erwähnt hat, damit sie es ja nicht vergisst. Sogar ich musste ihn dauernd erwähnen. Und Dad hat uns mit einer Webcam über Otter irgendwo in Amerika verbunden. Jedenfalls gibt es an dem Fluss nicht weit von unserm Haus ein Wehr. Otter sind ganz verrückt nach Wehren. In unserer Zeitung stand ein Artikel über eine Otterfamilie mit zwei Jungen. Sie siedeln nämlich jetzt wieder in unseren Breiten. Finn hat das Bild von dem Wehr ausgeschnitten und über unserm Etagenbett an die Wand geklebt. Eigentlich dürfen wir das nicht, weil die blaue Klebeknete so Fettflecken macht.

Von da an hat Finn Dad ständig genervt, mit uns die Otterfamilie angucken zu fahren. Als er keine Lust mehr hatte, hat er mich gebeten weiterzufragen, weil er meinte, uns kann sowieso niemand unterscheiden. Dad lachte so komisch und sagte dann, er würde mit uns hinfahren, aber wir müssten bis zu den Halbjahreszeugnissen warten. Er hatte so viele Prüfungen um die Ohren.

Finn und ich wussten, bis dahin würden die Jungen ausgewachsen und verschwunden sein. Also habe ich mir den Plan ausgedacht, dass wir uns freitags nachts wegschleichen könnten. Wir spielten gerade immer Spezialeinheit und Elitesoldaten und so was. Unsere verrückte Tante hatte uns Pyjamas in Tarnfarben geschenkt. Aus irgendeinem Grund kaufen uns immer alle genau die gleichen Sachen. Der Plan war also, rauszuschleichen und dann mit unseren identischen BMX-Rädern, die wir zu Weihnachten gekriegt hatten, zum Fluss zu radeln.

Wir haben den Freitag festgelegt und unsere Spezialeinheitsausrüstung zusammengesucht. Wir haben die Walkie-Talkies eingepackt, damit wir uns trennen und die Otter von verschiedenen Stellen aus beobachten konnten. Wir haben sogar geübt, leise die Treppe runterzuschleichen, und die knarrenden Stellen rausgefunden. Es war echt lustig. An dem Freitag schlichen Finn und ich uns also nachts raus wie Elitesoldaten oder so was. Finn hatte unsere Räder vorne in der Hecke versteckt, damit wir nicht in die Garage mussten.

Die Fahrradlampen haben wir erst angemacht, als wir schon kilometerweit von unserem Haus weg waren. Es hatte den ganzen Tag geregnet, aber jetzt waren die Wolken weg und ein dicker fetter Mond war aufgegangen. Echt gutes Wetter zum Otterbeobachten. Wir waren beide total aufgeregt.

Wir konnten den Fluss schon hören, bevor wir ihn gesehen haben. Dann konnten wir ihn auch riechen. Wir haben unsere Fahrräder versteckt und sind dann zum Wehr geschlichen. Das Wasser floss ganz schnell und der Fluss war vom Regen total angeschwollen. Aber das war das einzige Geräusch, die einzige Bewegung. Alles andere war schattig und still und ein bisschen unheimlich. Wir waren beide noch nie so spät allein draußen gewesen. Ich habe gemerkt, dass ich ein bisschen bibbere. Ich weiß nicht, ob Finn auch. Dann sind wir die Böschung runtergekrochen.

Über dem Wehr war das Wasser schwarz und glatt, aber man konnte an der Oberfläche sehen, wie es darunter wirbelte. Eine schmale Holzbrücke geht auf die andere Seite, bloß auf einer Seite ein kleines Geländer zum Festhalten. Die Brücke war weiß wie Knochen angemalt und leuchtete hell im Mondlicht.

Um zu entscheiden, wer rübergeht, haben wir Schere-Stein-Papier gespielt, drüben war nämlich die beste Stelle. Finn hat gewonnen. Er ist sofort über die Brücke gehuscht und da im Dunkeln verschwunden. Ich habe mich hingesetzt und zwanzig Minuten lang den Fluss beobachtet. Dann knackte mein Walkie-Talkie. Es war Finn, und er hat gefragt, ob ich was gesehen habe. Er hatte nämlich nichts gesehen, und ich habe gesagt, ich auch nicht. Ungefähr eine halbe Stunde später habe ich ihn wieder angefunkt, weil ich müde war und gefroren habe. Ich wollte bloß noch nach Hause. Wir haben uns geeinigt, noch zehn Minuten oder so zu warten. Dann hat Finn mich wieder angefunkt und gesagt, er kommt jetzt zurück. Es kam mir so vor, als ob er flüstert, also habe ich mir das Funkgerät dicht ans Ohr gehalten. Dann hat er total laut reingefurzt. So laut, dass ich es beinahe riechen konnte. Und dann hat er gekichert wie ein Verrückter.

Das war das letzte Geräusch, das ich je von ihm gehört habe.

Ein paar Sekunden später ist er auf der kleinen Brücke aufgetaucht. Ein dunkler Schattenjunge, der sich vor der weißen Brücke bewegt hat. Er hat mir zugewinkt, und ich habe zurückgewinkt.

Und dann war er weg.

Zuerst habe ich gar nicht begriffen, was passiert ist. Und als ich es begriffen habe, konnte ich es nicht glauben. Ich habe überlegt, was ich wohl unsern Eltern erzählen soll. Als ich dann auf die Brücke gelaufen bin, wurde es plötzlich ganz kalt, und ich bin langsamer gegangen. Und dann war die ganze Welt auf einmal so, als wäre ich noch nie dort gewesen. Ich musste erst mal einen Augenblick nachdenken, bis das Holzding, auf dem ich stand, wieder eine Brücke wurde.

Von ihm war keine Spur zu sehen, und ich war ganz allein mit dem Rauschen und dem Geruch vom Fluss.

Sie haben mich dann weiter unterhalb des Wehrs gefunden. Ich war klitschnass und voll mit Schlamm. Ich hatte ihn die ganze Nacht gesucht. Sie mussten sich zusammenreimen, was passiert war, ich hatte nämlich vergessen, wie man Worte spricht. Ich habe bloß am Ufer im Schlamm gesessen und gezittert. Ich habe auch danach lange nicht geredet. Ich habe es nicht über mich gebracht, meinen Namen zu sagen. Dad sagt, es waren sechs Wochen. Da hatte er schon angefangen zu zählen. Ich habe gedacht, wenn sie nicht wissen, wer ich bin, wüssten sie auch nicht, wer verlorengegangen ist.

Es hätte mich treffen sollen

Bei uns zu Hause war nichts mehr wie vorher. Es sah zwar alles noch so aus, aber deswegen war das Vermissen noch schlimmer. Dad fing sogar im Schlaf an zu zählen, und Mum fragte sich dauernd, wie eine richtige Mutter aussehen soll. Angela versuchte ständig, alle in den Arm zu nehmen. Ich glaube, sie hat gewusst, wer ich bin. Aber keiner hat was gesagt. Wir haben uns alle benommen wie schrottige Schauspieler in einem schrottigen Film über unser normales Leben. Alle außer Angela, die ist einfach ganz sie selbst geblieben. Sie weiß noch nicht, wie man ein schrottiger Schauspieler wird. Donut saß die ganze Zeit an der Hintertür und jaulte, als ob er losrennen und nach ihm suchen wollte.

Ich habe versucht, mich unsichtbar zu machen und immer da zu sein, wo meine Eltern gerade nicht waren, und dabei habe ich überall Dads lange Zähllisten gefunden. Und dann auch die kleinen Erinnerungszettel, die Mum für sich selbst geschrieben hat. Die waren an allen möglichen Stellen versteckt. Aber vor einem Kind kann man in seinem eigenen Haus nichts verstecken. Sie hat angefangen sich über jede Mütter-Kleinigkeit Gedanken zu machen. Alle paar Sekunden rief sie Oma an, weil sie sich selbst nicht mehr über den Weg getraut hat. Und dann hat sie auch angefangen Sachen zu vergessen. Einmal hat sie jemand im Auto am Straßenrand gefunden, als sie versucht hat, sich zu erinnern, wo wir wohnen.

Danach habe ich dem alten Grundy den Backstein mit den drei Löchern in die Fensterscheibe geschmissen und seinen blöden ausgestopften Otter plattgemacht. Und das tut mir überhaupt nicht leid. Nicht mal ein bisschen. Es tut mir zwar leid, dass es das Fenster vom alten Grundy sein musste, aber ich würde es jederzeit wieder tun, wenn ich könnte. Da müsste ich nicht mal nachdenken. Finn hat den ausgestopften Otter gehasst und sich davor gefürchtet. Er hat davon geträumt, dass er ihn holen kommt. Er hat gesagt, das kommt, weil er so lebendig aussieht, man ihn aber dafür erst umbringen musste.

Lieber lachen

Ich bin so sauer auf ihn, weil er uns verlassen hat, weil er mich zurückgelassen hat.

Wie konnte er nur so blöd sein, von dieser blöden Brücke zu fallen? Wie konnte er so was tun? Ich wünsche mir wirklich, ich hätte ihn bloß mal für zehn Sekunden hier, dann könnte ich ihm ein paar reinhauen. Seinetwegen weiß ich nicht mehr, wer ich sein soll. Ich weiß gar nichts mehr. Ich bin doch bloß Kind; ich sollte so was gar nicht denken oder sagen oder fühlen. Ich sollte lieber lachen oder vielleicht auch ein bisschen lernen.

Wahrscheinlich hältst du mich für eine fiese Gestalt, und ich soll dir bestimmt nicht helfen, dein Riesenotterbild zu Ende zu malen, das du nicht fertig kriegst. Und bestimmt willst du mich ganz von deiner Insel runterschmeißen. Würde ich dir nicht übelnehmen.

Ich weiß, meine Eltern und meine kleine Schwester machen sich Sorgen, wo ich wohl stecke. Ich weiß, es ist schrecklich, ihnen so wehzutun. Aber es hat ihnen noch mehr wehgetan, als ich da war. Das habe ich gesehen. Ich musste einfach weg. Ich konnte es nicht ertragen, wie sie es eine Sekunde lang vergessen haben und dann sofort wieder dran erinnert wurden, wenn sie mich gesehen haben, immer und immer wieder. Ich kann es nicht ertragen, wie sie sich selbst die Schuld geben. Ich war's. Es war meine Schuld. Es war die ganze Zeit meine Schuld. Ich würde alles dafür geben, wenn ich jetzt wirklich er sein könnte.

Auch wenn sie dann mich für immer und ewig vergessen müssten. Das wäre es wert. Nur eins weiß ich sicher: wie leicht die Leute, um die man sich Sorgen macht, verschwinden oder plattgemacht werden können.

Wenn es irgendwo einen Gott gibt, dann mag er uns nicht besonders, glaube ich. Aber ich möchte nicht, dass es einen gibt. Ich möchte, dass alles zufällig passiert. Es lässt sich viel leichter ertragen, dass Menschen von Riesenrutschen erschlagen werden, wenn niemand die Rutsche umgeschmissen hat.

Dad meint, Gott macht eine endlose Frühstückspause. Ich weiß nicht, ob das stimmt. Bevor das alles passiert ist, fand ich es überhaupt nicht wichtig. Gott hat mich einfach nicht interessiert. Aber seit es passiert ist, denke ich viel öfter drüber nach. Mum meint, die Leute hätten Gott erfunden, damit sie selbst besser zurechtkommen und mit schlimmen Ereignissen fertigwerden. Wenn das stimmt, dann funktioniert es nicht besonders gut, finde ich. Der einzig nützliche Gott, den ich mir vorstellen kann, der saust die ganze Zeit rum und rettet Leute davor, plattgemacht zu werden – so ähnlich wie Spiderman, nur besser. Aber wenn er das Gegenteil tut, also Riesenrutschen auf Menschen schmeißt zum Beispiel, dann wäre es wirklich viel besser, wenn er endlos Frühstückspause machen würde. Und wenn er bloß oben im Himmel oder sonst wo sitzt und zuguckt, dann braucht er mal einen kräftigen Schubs. Rumsitzen und zugucken und nichts dagegen tun ist fast genauso schlimm wie es selber machen.

Vogeldreckflecken

Als ich am nächsten Morgen aufwache, mache ich meine normalen Morgensachen. Aber irgendwie bin ich dabei wie ausgeleert. Als ob es mich aufgebraucht hat, den ganzen Kram zu erzählen. Ich halte mich vom halbfertigen Backsteinhaufen fern. Ich will mir nicht wieder klein und trüb und zwecklos vorkommen, das finde ich nämlich langsam echt langweilig. Es wäre auch mal ganz schön, sich groß und hell und das Gegenteil von zwecklos zu fühlen. Also gucke ich nicht mal in die Richtung vom Steinhaufen, diesem Möwenklo. Aber ich weiß genau, auf diesem Strand sind bloß der Haufen und ich, und wir kommen nicht voneinander los. Ehe ich es richtig merke, laufen meine Füße hin.

Ich starre den Haufen eine Weile an und spiele im Kopf Vogeldreckfleckenverbinden. Dabei fällt mir was auf: Ich komme mir gar nicht klein und trüb und zwecklos vor; sondern ich verbinde einfach die Vogeldreckflecken. Kaum habe ich das gemerkt, begreife ich etwas Riesengroßes, Unheimliches. Ich weiß, ich bin hier, um so lange Backsteine zu stapeln, bis es genug sind. Ich bin nicht hier, um Nulty bei seinem Riesenotterbild zu helfen, das nie fertig werden kann. Ich bin Backsteinschlepper, und das muss ich Nulty ins Gesicht sagen. Ich bin mir meiner Sache so sicher, dass ich wieder dieses Gummigefühl im Bauch kriege. Auf jeden Fall ein V.-H.-M. Mal ehrlich: Da haben wir uns gegenseitig so viel erzählt, und dann weigere ich mich, ihm beim Ottermalen zu helfen.

202

Ich gehe also direkt zu Nultys Camp, bevor ich es mir anders überlegen kann. Es kommt mir vor, als ob der Weg viel länger wäre als sonst. Als ob das Camp in der Nacht dreißig Kilometer versetzt wurde und meine Füße plötzlich aus Blei sind. Es ist keine Musik an, darum höre ich bloß das Stapfen meiner Füße, als ich wie blöd durch die Bäume stolpere. Mir fällt auf, dass es meistens so ist, wenn man vor irgendwas Angst hat: Alles ist weiter weg oder anderswo; die Zeit wird langsamer oder schneller, je nachdem, in welcher Stimmung man ist.

Als ich zum Camp komme, ist nichts von ihm zu sehen. Ich überlege, ob ich zum Riesenotterbild laufen soll, aber ich möchte es nicht noch mal sehen. Ich habe das Gefühl, dass es mich nichts mehr angeht. Also bleibe ich eine Zeit lang sitzen. Dann entdecke ich ein Paar dicke Arbeitshandschuhe auf dem Tisch. Daran hängt ein Zettel:

Gut zum Steineschleppen.
PS: Komm heute zum Abendessen.

Dreitausend Backsteine

Auch mit den Arbeitshandschuhen tut mir die Hand noch weh. Aber ich schaffe es, das aus dem Steineschleppen rauszuhalten. Ich denke, *Okay, Schmerz in den Fingern, ich lege dich jetzt hier hin und denke später wieder an dich.* Bis zum Mittag habe ich sechsundneunzig Steine mehr auf den Haufen geschichtet. Es wird immer schwerer, weil ich weiter um die Landspitze herumlaufen muss, um welche zu finden, und immer dichter ans ROB ran. Dann fängt es an zu regnen, also laufe ich zum Bootshaus zurück und vertreibe mir die Zeit mit den besten Stellen aus *Huckleberry Finn*. Mitte des Nachmittags klart es wieder auf, und ich schaffe bis zum Abendessen noch mal siebenundvierzig Stück.

Ich habe beschlossen, mit Schleppen aufzuhören, wenn ich bei dreitausend bin. Wenn ich es bis dahin nicht weiß, dann werde ich es wohl nie wissen. Als ich mir das überlegt habe, wird mir gleich sicherer und fester zu Mute.

Auf Wiedersehen

Auf das Dach prasselt wieder der Regen, und das Geräusch erfüllt wieder beinahe alles. Die Schiebetür steht halb offen, damit die Kochdämpfe rauskönnen. Davor hängt der Regen wie ein grauer, durchsichtiger Vorhang, und man kann sich vorstellen, wie es hinter einem Wasserfall aussieht. Der Duft von Curry liegt in der Luft. Alles sieht aus wie immer, fühlt sich aber total anders an.

Wir reden jedenfalls nicht über Steinhaufen oder Riesenotterbilder. Jetzt nicht mehr. Darüber sind wir anscheinend hinaus. Ich weiß bloß nicht, wo wir jetzt angekommen sind. Aber es könnte schlimmer sein. Es könnte auch süßsaure Nudelsuppe zum Abend essen geben.

Als wir fertig sind mit Essen und ich abgewaschen habe, setzen wir uns an die halboffene Tür und Nulty wechselt mir die Verbände an den Fingern. Ich gucke zu, wie der Regen zischend von einer Pfütze zur andern und wieder zurück hüpft, genau wie Angela, die eine Million Kilometer weg ist. Aber dabei werde ich gar nicht traurig. Sondern richtig froh.

»Ob ich wohl das Foto von deiner Familie sehen könnte?«

Ich stelle die Frage, weil es anscheinend okay ist. Ohne hochzugucken oder was zu sagen, greift Nulty in eine Schublade und gibt mir das Foto. Es ist abgegriffen und ein bisschen zerknittert. Ich bin überrascht, als ich seinen Sohn sehe. Irgendwie habe ich ihn mir zehn Jahre alt vorgestellt, so wie ich. Aber er sieht viel älter aus, mindestens siebzehn. Er sieht aus wie seine Mutter, aber er hat dasselbe schelmische Grinsen wie sein Vater.

Seine Mutter sieht gleichzeitig glücklich und besorgt aus, so wie meine Mum auch manchmal.

»Weißt du, worüber ich mir am meisten Gedanken mache?«, fragt Nulty, ohne die Augen von meiner Hand zu lassen.

»Nein. Worüber?«

»Wie er in all den anderen Augenblicken seines Lebens aussehen würde.«

Ich weiß nicht, was Nulty meint, also sage ich nichts. Ich hoffe, es wird noch klarer.

»Sein Gesicht auf dem Foto wartet darauf, so wie er auszusehen, wenn er dreißig wird oder wenn er zum ersten Mal Vater wird. Aber das wird eben jetzt nicht mehr passieren. Er ist für immer in dieser Version von sich gefangen. Es kommt mir vor, als ob er nur auf dieses Foto reduziert wäre – kein Vorher, kein Nachher. Ich habe Angst, dass ich ihn vergesse.«

Ich verstehe eigentlich kein Wort davon, aber ich habe das Gefühl, ich müsste es verstehen oder ich könnte es später verstehen.

»Glaubst du, deinen Eltern geht es genauso?«, fragt er mich plötzlich.

»Keine Ahnung«, sage ich, aber im gleichen Augenblick weiß ich, dass ich es doch weiß. Seine Frage hat ganz tief in mir drin auf einen Knopf gedrückt. Es passiert nichts, aber ich weiß, irgendwas Wichtiges hat sich verändert. Ich weiß aber auch, wenn in mir drin was passiert, erfahre ich es meistens als Letzter.

Danach gehe ich zum Bootshaus zurück.

Sobald mich die Sonne weckt, fange ich wieder an Steine zu schleppen. Und obwohl ich schon bald wieder ganz voll vom Steinezählen bin, muss ich doch daran denken, was Nulty über seinen Sohn gesagt hat. Stellt euch bloß mal vor, man muss jemanden sozusagen zweimal verlieren. Ich meine dieses Gefühl, dass er einem langsam aus der Erinnerung gesaugt wird, wie die Brotkrümel aus der Sofaritze, bis man am Ende denkt, man hätte ihn nur geträumt. Kein Wunder, dass er die ganze Zeit und immer weiter seinen Riesenotter malen muss. Vielleicht ist das gar nicht wie ein Gefängnis, und ich bin bloß zu blöd, wie üblich. Er benimmt sich nämlich nicht wie jemand, der im Gefängnis sitzt. Er hat gesagt, nur wenn er malt und immer weitermacht, findet er für sich selbst einen Sinn. Vielleicht kommt es also für ihn gar nicht darauf an, alles, was Sinn hat, in sich drin zu behalten, sondern alles draußen zu halten, was keinen Sinn ergibt. Das klingt zwar ziemlich bescheuert, aber es fühlt sich richtig an.

Vielleicht komme ich auch deshalb nicht weiter, wenn ich Steinestapeln und Ottermalen als das Gleiche ansehe. Der Unterschied ist nämlich, dass ich mit dem Steinestapeln fertig werden will. Ich möchte sagen können, *Okay, das war's, und jetzt …*

Ich möchte nicht alles andere draußen halten.

Sobald ich das gedacht habe, weiß ich wieder was Neues. Und zwar: *Ich bin fast fertig.* Die Worte kommen

durch mich durchgesaust wie Flitschsteine. Ich fange an zu
zittern, aber nicht vor Angst. Ganz und gar nicht. Ich habe
zwar einen Stapel Backsteine in den Händen, aber die fühlen sich federleicht an.

Den Rest des Tages schleppe ich wie verrückt Steine.

Um die Mittagszeit fange ich an, mir Gedanken zu machen, wie der letzte Stein wohl aussehen wird. Ich frage
mich:

Wird er anders aussehen?
Wird er sich schwerer anfühlen?
Wird er sich leichter anfühlen?
Wird er drei Löcher haben?

Ich denke über den letzten Backstein nach, bis es sterbens-
langweilig wird. Dann mache ich mir Sorgen, dass ich womöglich nicht merke, welches der letzte ist, wenn es mich so
langweilt. Und wenn ich bloß eine Chance habe, es zu merken? Und wenn ich den hinterhältigen letzten Stein ver-
passe und in alle Ewigkeit weiter Steine schleppen muss?

Ich verliere mich so in diesen verrückten Gedanken,
dass ich erst merke, wie es anfängt zu regnen, als ich schon
nass bis auf die Haut bin und zittere. Aber ich höre nicht
auf.

Und dann habe ich ihn gefunden.

Das passiert so: Ich hebe einen Backstein auf, den ich auf
den Haufen tragen will, und weiß, das ist er. Fragt mich
nicht, wieso. Ich weiß es einfach. Und:

Er sieht nicht anders aus,
er fühlt sich nicht schwerer an,
er fühlt sich nicht leichter an,
aber er hat drei Löcher.

Ich halte ihn in der Hand und sehe, wie die dicken, fetten Regentropfen darauf zerplatzen: Backstein Nummer 2029.

Ich bleibe ewig so stehen und denke über das nach, was ich jetzt mit den Backsteinen machen muss. Jetzt, wo ich mit Schleppen fertig bin, weiß ich nämlich, was ich machen muss. Als ob es die ganze Zeit darauf gewartet hätte, dass ich fertig werde. Ich weiß nicht, wieso ich es weiß, ich weiß es eben, und zwar ganz, ganz sicher.

Dann fange ich einfach an.

Fertig

Bis zum Mittagessen bin ich fertig.

Dann sammele ich alle Sachen zusammen, die Nulty mir geliehen hat. Ich weiß jetzt, was ich tun muss. Es ist so klar, dass ich mir beinahe ein bisschen blöd vorkomme. Aber solche Gedanken bleiben wohl nicht mehr an mir hängen. Außerdem fühle ich mich größer.

Ich komme zu seinem Camp, und sein VW-Bus ist nicht da. Nulty ist weggefahren, und ohne ihn sieht alles total falsch aus. Alles andere ist am richtigen Platz: das Zeltdach, der Tisch aus Treibholz, die Stühle, die Topfpflanzen, alles. Aber es ist irgendwie aus dem Gleichgewicht. Ich überlege, ob ich warten soll, dabei weiß ich, ich kann nicht lange bleiben. Jetzt, wo ich weiß, wo ich hinmuss und was ich da tun soll, kann ich es kaum erwarten. Ich lege den Schlafsack, die Wasserflaschen und die Taschenlampe auf den Tisch. Dann schreibe ich ungefähr eine Stunde lang die Worte *Vielen Dank* aus einer Million kleinen weißen Steinen. Und zwar direkt neben den Tisch, damit er es nicht übersehen kann.

Dann gehe ich.

Es kommt mir vor, als ob seit der Gewitternacht eine Million Jahre vergangen sind. Ich muss sagen, der ängstliche kleine Junge, der ich da noch war, tut mir ein bisschen leid. Jetzt habe ich keine Angst, jedenfalls nicht in diesem Augenblick – und ich glaube, mehr kann man nicht erwarten.

Ich pinkle noch ein letztes Mal ins Meer und laufe dann durch den schmatzenden Schlamm zum Festland. Auf halbem Weg den Hügel zum Bahnhof rauf halte ich an, um mich auszuruhen. Die Wolken haben sich alle verzogen bis auf eine, die aussieht wie Dad, wenn er eine Kartoffel nachmacht[42]. Ein bisschen albern, aber das ist mir egal.

Ich weiß, man kann die Worte auf keinen Fall aus dem Weltraum sehen. Aber mir reicht es auch, dass ich sie von hier oben angucken kann. Und ich habe sogar alles richtig geschrieben. Da steht:

---

[42] Das macht er meist gar nicht mit Absicht.

FINN WAR HIER

DRITTER TEIL
SEIN

Eine Million Gefühle

Ich kann den Fluss schon hören, bevor ich ihn sehe, und noch davor riechen. Er klingt wütend, als ob er nicht in der Stimmung ist, an irgendwas erinnert zu werden. Aber das ist mir egal. Als ich näher komme, fängt er richtig zu dröhnen an, und dann sehe ich ihn durch die Bäume glitzern. Alles, was dieser Fluss an sich hat – wie er aussieht, wie er sich anhört, wie er riecht –, schleicht sich an mich ran und umzingelt mich. Aber das macht mir auch nichts aus. Absolut nichts. Ich muss tun, weshalb ich hierhergekommen bin. Eine Welle von Hass auf den Fluss strömt durch mich durch. Ich hasse ihn, weil er alles total plattgemacht hat. Er hat meine Familie durcheinandergeschmissen wie Legosteine. Aber ich will ihn nicht mehr aufstauen oder zuschütten oder mit Atommüll verseuchen. Er kann genauso wenig dafür, was er gemacht, hat wie eine Riesenrutsche was dafür kann, dass sie eine Riesenrutsche ist.

Ich gehe am Ufer entlang zum Wehr. Ich merke, wie ich anfange zu zittern. Und jetzt sehe ich die schreckliche kleine Holzbrücke, die weiß angemalt ist und wie Knochen aussieht. Ungefähr eine Million Gefühle knallen in mir drin gegeneinander. Die meisten rufen mir zu, ich soll weglaufen. Aber ich laufe nicht weg. Weil nämlich was anderes noch lauter ruft. Ein ganz ruhiges Gefühl, das mich genau in diesem Augenblick festmacht. Das Gefühl ist wie ein Anker und sagt mir, dass ich zur richtigen Zeit am richtigen Ort bin. Genau hier muss ich jetzt sein.

Niemand ist schuld

Jetzt habe ich richtig große Angst. Ich fühle mein Herz wie verrückt schlagen, und mein Mund läuft mit Spucke voll. Es ist ein bisschen so, als ob mir schlecht wird, bloß ganz weit weg. Außerdem muss ich aufs Klo. Aber das wird mich alles nicht zum Weggehen bringen. Ich weiß genau, wenn ich der Angst jetzt erlaube, mich zu bestimmen, dann werde ich sie nie, nie wieder los. Außerdem würde ich ihn im Stich lassen, wenn ich weglaufe. Und das will ich auf keinen Fall, niemals, egal, was passiert. Und dann weiß ich jetzt noch was. Nämlich: *Es war nicht meine Schuld.* Und ich weiß, meiner Familie wäre es ganz genauso gegangen, wenn es mich getroffen hätte und nicht ihn. Und es wäre auch nicht seine Schuld gewesen. Mum würde sich genauso viel Gedanken machen, was eine richtige Mutter ist; Dad würde genauso Sachen zählen wie verrückt; und Angela würde genauso alle in den Arm nehmen, die sie zu fassen kriegt. Und das würden sie auch nicht meinetwegen tun. Sondern weil sie Menschen sind, und weil Menschen so was machen, wenn sie jemanden verlieren.

Menschen müssen sich immer Sorgen darüber machen, dass irgendwas die Menschen plattmacht, um die sie sich sorgen. Und außerdem müssen sie damit fertigwerden, wenn es dann tatsächlich passiert. Man kann leicht glauben, dass es nicht passieren wird, weil es ganz lange nicht passieren kann. Ich glaube, deshalb werden die Menschen so schlecht damit fertig, wenn dann jemand wirklich aus heiterem Himmel plattgemacht wird. Weil damit auch die ganze Welt, an die wir glauben, plattgemacht wird. Sogar die Leute, die gar nicht zu deiner Familie gehören, kriegen was davon ab. Du erinnerst sie nämlich daran, dass alles, was sie sich vortäuschen, nichts weiter ist als das: eine Täuschung. Darum hat Flieger-Kevin auch so getan, als ob er sich bei mir anstecken könnte. Und nicht bloß er. Die Leute behandeln dich, als ob du schlecht riechst, obwohl sie die ganze Zeit wie verrückt versuchen, das nicht zu tun.

Ich möchte dem Fluss zu gerne die Schuld dafür geben, dass er mir meinen Bruder weggenommen und meine Familie zerstört hat. Aber das hat wenig Sinn. Genauso gut könnte man dem Regen die Schuld dafür geben, dass er nass ist. Ich stecke also fest. Mir fällt nur ein Weg ein: Ich kann versuchen, niemandem die Schuld für irgendwas zu geben. Ich weiß nicht, ob ich das schaffe, aber ich muss es versuchen.

Foto

Es ist gar nicht so schlecht, dass ich genauso aussehe wie mein Bruder.

Wenn er elf ist oder zwölf oder zwanzig; wenn er glücklich ist oder traurig; wenn er einsam ist oder froh, mit jemandem zusammen zu sein; wenn er was gewinnt oder wieder verliert; wenn er sich das Knie aufschlägt oder versucht, Angela vor der Riesenrutsche zu retten. Wenn ich sehen will, wie er dabei aussieht, muss ich bloß mal in eine Pfütze oder ein Schaufenster linsen oder jemand anderem in die Augen gucken, und da werde ich ihn sehen: lebendig und lachend und weinend und nicht vergessen.

Ich kann mir allerdings gar nicht vorstellen, irgendwas davon zu tun. Er kommt nämlich von diesem Fluss los und ich nicht. Jedenfalls noch nicht. Ich stecke noch fest in seinen schrecklichen Geräuschen und Gerüchen und seinem Aussehen. Aber ich weiß auch, das wird nicht immer so bleiben.

Obwohl ich im Augenblick stocksteif vor Angst bin und es wahrscheinlich noch ewig lange bleibe, werde ich mich davon nicht unterkriegen lassen. Und zwar nicht, weil ich tapfer bin oder so ein Schrott. Ganz und gar nicht. Sondern weil ich keine andere Wahl habe.

Fragt mich bloß nicht, woher ich den ganzen Kram auf einmal weiß, ich habe nämlich keine Ahnung. Und ich weiß auch nicht, was das meiste davon bedeuten soll. Ich hoffe, ich werde es mit der Zeit rausfinden; mehr kann man nämlich nicht tun.

Noch mal pinkeln

Ich stelle den linken Fuß auf die schmale Holzbrücke. Eine Sekunde lang schaue ich dran vorbei auf das schwarze Wasser, das über den Rand des Wehrs fließt. Ich halte mich am Geländer fest und gehe langsam bis zur Mitte der Brücke. Da bleibe ich stehen und starre ins strudelnde Wasser unter mir. Ich zittere am ganzen Körper. Plötzlich habe ich totale Angst, in das fiese schwarze Wasser zu fallen. Das Gefühl ist so stark, dass ich einen Augenblick aufhöre zu atmen. Ich versuche mir auf keinen Fall vorzustellen, wie kalt das Wasser ist. Dann hole ich wieder Luft und zittere nicht mehr so doll. Ich pinkle ins Wasser unter der Brücke. Es kommt mir ewig lang vor. Als ich fertig bin, gucke ich einen Moment hinterher, wie der Dampf sich verzieht, dann drehe ich mich um und gehe zum Ufer zurück.

Jetzt muss ich wieder nach Hause. Ich muss aufhören, so zu tun als ob, und wieder ich selbst sein. Ich weiß, ich habe meiner Familie sehr wehgetan, aber ich kann mir auch jetzt noch keinen anderen Weg vorstellen, wie ich mit dem, was passiert ist, fertigwerden konnte. Mir tut nur leid, dass es alles überhaupt passieren musste. Ich musste *weggehen*; als ich nämlich nach den bescheuerten sechs Wochen endlich wieder anfing zu sprechen, haben sie gemerkt, dass ich *ich* bin und nicht mein Bruder.

Er ist für immer weg.

Danny war hier

Bevor ich nach Hause gehe, bleibe ich noch mal stehen und werfe einen letzten Blick auf den Fluss. Da sehe ich aus dem Augenwinkel eine plötzliche Bewegung. Gleich danach hört man ein Platschen, als ob ein Tier ein anderes jagt. Es war so schnell, dass ich es nicht richtig sehen konnte, aber es war größer als eine Bisamratte, glaube ich. Ich warte noch einen Augenblick, aber mehr passiert nicht. Ich drehe mich um und gehe zur Straße. Und dann sehe ich ihn. Er muss die ganze Zeit da gewesen sein. Er sagt:

»Hallo, Finn.«

Und ich denke, *Ja, genau, der bin ich.* Also sage ich: »Hallo, Dad.«

Dann gehen wir zusammen nach Hause.

Autorenvita

Der Ire Tom Kelly, geboren in New Jersey, USA und in Belfast, Nordirland aufgewachsen, lebt heute mit seiner Frau und seinen zwei Töchtern in England. **Die Sache mit Finn** ist ein erstes Buch.